Was hat Klopapier mit einer Pandemie zu tun?

Und warum laufen alle maskiert durch die Straßen?

„Bitte 1,5m Abstand halten". Diese Aufforderung begegnet uns seit Neuestem auf Schritt und Tritt. Und was Klopapier mit einer Pandemie zu tun hat, das ist ein sonderbares Phänomen.

Alles dreht sich um eine Epidemie, die aber ganz schnell zu einer Pandemie wird und die ganze Welt in Atem hält.
Wie sich unsere Alltagsroutine verändert und welche Auswirkungen sie auf unsere Freiheit hat, wird dokumentarisch und sehr persönlich und amüsant in einem Tagebuch festgehalten.

Diese Pandemie ist ein historisches Ereignis, von dem unsere Generation noch lange erzählen wird. Es wird in die Geschichtsbücher eingehen.

Die Autorin:

Irmela Hauffe ist 1954 in Duisburg geboren und wohnt im Rheinland.

Sie ist freischaffende Künstlerin und Autorin.

Bibliografische Information der Deutschen
Nationalbibliothek: Die Deutsche
Nationalbibliothek verzeichnet diese Publikation in
der Deutschen Nationalbibliografie; detaillierte
bibliografische Daten sind im Internet
über dnb.dnb.de abrufbar.

© 2020 Irmela Hauffe
Herstellung und Verlag: BoD – Books on Demand,
Norderstedt

ISBN 9783751958509

BITTE 1,5 METER

ABSTAND

HALTEN

Irmela Hauffe

Vorwort

Epidemien hat es seit Menschengedenken gegeben, auch Pandemien. So zum Beispiel 1889/90 eine russische Virusgrippe mit über 1 Million Toten. Danach die Pest um 1896, bei der 12 Millionen Menschen starben. Durch die HIV Infektionen starben fast 36 Millionen Menschen. Die erste Pandemie des 21.Jahrhunderts war SARS. Dabei starben zwischen 2002 und 2003 774 Menschen. Und jetzt?

Im chinesischen Horoskop steht das Jahr 2020 im Zeichen der Ratte. Die Ratte steht für Bodenständigkeit, Intelligenz und Hartnäckigkeit. Eigentlich sehr positive Eigenschaften. Aber im Hinblick auf das, was dann passiert, sind die Intelligenz und die Hartnäckigkeit eine Eigenschaft, die uns Menschen Tod, Isolation und Armut bringen. Die Ratte ist das erste der chinesischen Tierzeichen. Mit ihr beginnt der Zyklus der zwölf Tiere. Daneben kommt noch ein weiteres Element ins Spiel: Metall. Im Jahr der Metall-Ratte wird es viele Neubeginne geben, wie zum Beispiel ein neuer Job, eine Heirat oder auch schmerzhafte Lernprozesse oder Geburtswehen. Die Finanzwelt wird ins Trudeln geraten. Die Prognose: Das Jahr der Ratte wird ein erfolgreiches Jahr werden. Fragt sich nur, für wen?

Verschwörungstheorien machen die Runde. Es gibt Menschen, die glauben an eine Weltverschwörung, bei der sich eine Weltregierung bildet, die sich jeder Kontrolle entziehe. Andere glauben an eine Strafe Gottes. Er will die Menschheit strafen, weil sie die Welt zerstört mit Kriegen und Umweltzerstörungen. Aber so einfach können wir es uns nicht machen. Wir dürfen nicht immer die Schuld bei anderen suchen.

Was wirklich dahinter steckt, ist das Resultat einer wachsenden Globalisierung, die verbunden ist mit Geldgier und Macht. ´Größer- Besser- Schneller´ lautet die Devise.

Die ganze Geschichte beginnt in China.

Im Februar 2020 plane ich einen Kurztrip nach Prag. Über Karneval möchte ich dem Trubel im Rheinland entgehen. Seit Januar verfolge ich aufmerksam die Nachrichten aus China. Immer wieder wird von einem seltsamen Virus berichtet. Egal. Was kümmerts mich. Ich freue mich auf die Reise. Ich fliege ja nicht nach China.

Sonntag, der 26.Januar 2020.
Ein neuartiges Virus verbreitet sich seit Ende Dezember in rasender Geschwindigkeit in China und hat bereits Tausende infiziert. Es handelt sich um ein Corona-Virus, Covid-19 genannt.

Ich fahre ja erst Ende Februar nach Prag. Jetzt haben wir Januar. Bis dahin ist das Virus längst verschwunden. Ein Coronavirus, angeblich intelligent und, wie sich schnell herausstellt, äußerst hartnäckig. Naja, das muss man erst mal abwarten wie hartnäckig es ist. Vorsichtshalber verfolge ich die Nachrichten, die aus China kommen. Jedoch nur mit mäßigem Interesse. Die Nachrichten berichten, dass ein paar Kranke an einer Lungenentzündung gestorben sind, dann werden es täglich mehr, dann erhöht sich die Zahl stündlich. Eine Epidemie. Kaum noch aufzuhalten. Ausgelöst durch ein Virus, das möglicherweise von Flughunden oder Fledermäusen auf dem Wochenmarkt von Wuhan, einer Großstadt mit über acht Millionen Einwohnern, auf Menschen übergegriffen hat. Seit Ende Januar ist klar: das Coronavirus kann von Mensch zu Mensch übertragen werden.

Wahrscheinlich hat ein Chinese so ein krankes Tier roh gegessen. Ich weiß es nicht, aber es könnte so sein. Warum essen Chinesen immer so komische Sachen und dann auch noch roh?

Gut, dass China so weit weg ist.

Donnerstag, der 30.Januar 2020.
Die Weltgesundheitsorganisation spricht von einer gesundheitlichen Notlage internationaler Tragweite.

Mein Reiseführer von Prag liegt griffbereit, meine Koffer sind gepackt. Morgen, am 23.Februar, geht mein Flieger. Bald hört man keine Zahlen mehr aus China, denn mittlerweile hat das Virus Europa erreicht. Italien.

Sonntag, der 23.Februar 2020.
Der erste Corona-Fall wird aus Italien
gemeldet.

Ein Virus in Italien ist weit schlimmer und gefährlicher, weil es uns betrifft. Für mich ist klar, warum so neuartige, gefährliche Viren häufiger in China vorkommen als in Europa. Wenn ich mir so einen Tiermarkt ansehe, da wird mir schlecht vor Ekel. Eine Brutstätte für Krankheiten. Gut. Ich bin noch nie dagewesen, aber die Bilder im Fernsehen reichen mir. Hier in Deutschland halten wir es mit der Hygiene genauer. Aber das Virus macht vor keiner Grenze halt. Noch sind es nur ein paar Einzelfälle in Italien, die mit dem Virus infiziert sind, deshalb mache ich mir auch keine großen Gedanken. Die Infizierten sind fast alle geschäftlich in Wuhan oder Umgebung gewesen, da, wo es die ersten Corona-Kranken gegeben hat. So ist es zu erklären, wie das Virus Italien erreicht hat.

Ich bin mittlerweile in Prag angekommen und genieße die schöne Stadt. Die Temperaturen sind eisig, aber die Sonne lacht vom blauen Himmel und lockt viele Touristen auf die Straßen. Was mir im Stadtbild auffällt sind die vielen chinesischen Touristen, die ohne Ausnahme mit Mundschutz durch die engen Gassen laufen. Ist das nicht etwas übertrieben? Oder habe ich die Nachrichten über dieses komische Virus nicht ernst genug genommen? Vielleicht steckt doch etwas Gefährliches dahinter? Ich will mal ein wenig Abstand zu den Chinesen einhalten. Aber das ist leichter gesagt als getan. Hunderte Chinesen mit Mundschutz schieben sich im dichten Gedrängel auf der Karlsbrücke an mir vorbei. Hier ein Schnappschuss, dort ein Selfie. Die Stadt ist voll mit Touristen. Dicht an dicht gedrängt nähert sich der Besucherstrom der wunderbaren Altstadt. Körperkontakt ist unvermeidlich. Aber ich will ja auch nicht alle Chinesen unter Generalverdacht stellen, dass sie mit dem Corona-Virus infiziert sind. Ist doch lächerlich.

Seit dem 25.Januar, dem Tag des chinesischen Neujahrfestes, verreisen alle Chinesen für mehrere Wochen in die ganze Welt. Ganz viele sind hier in Prag. Ich atme die frische würzige Luft der Moldau tief ein. Karel Gott, die goldene Stimme aus Prag, hat hier seine Lieder geschmettert. Den Konzertsaal, wo er häufig aufgetreten ist, habe ich mir natürlich angeschaut. Herrlich! Aber ich kann ihm nicht mehr über den Weg laufen, weil er vor vier Monaten gestorben ist.

Den Geruch der Stadt können die chinesischen Urlauber mit dem Mund- und Nasenschutz gar nicht riechen. Chinesen und Japaner legen wahrscheinlich nicht viel Wert darauf. Japaner laufen sogar im tollsten Sonnenschein mit aufgespanntem Regenschirm im Freien herum, weil sie nicht braun werden wollen oder dürfen.

Abends kann ich im tschechischen Hotel einen deutschen Fernsehsender einschalten. RTL. Hier werde ich auf dem Laufenden gehalten, was die Weltpolitik anbelangt.

Dienstag, der 25.Februar 2020.
Donald Trump äußert sich zu der Corona-Krise. Er habe alles im Griff. Es gäbe in seinem Land ein ausgezeichnetes und gut funktionierendes Gesundheitswesen. Das ´China-Virus´ wäre nur eine Lappalie.

Ich sitze in Prag vor dem Fernseher und bin erschüttert über die vielen Infizierten, die es innerhalb eines Tages in Italien gegeben hat. Im nördlichen Teil Italiens hat das Virus mächtig zugeschlagen. In einem kleinen Ort Bergamo ist es besonders schlimm. Dort fehlen Atemschutzmasken und Beatmungsbetten in den Krankenhäusern. Die Region ist auf so einen Ansturm an Schwerstkranken nicht vorbereitet. Wer ist das schon? Die Grenzen zu den Nachbarstaaten werden geschlossen. Aber diese Maßnahmen reichen nicht. Die Infektionsrate steigt dramatisch an. Nächste Maßnahme: Schulen werden geschlossen und Kitas. Dann Geschäfte und Behörden. Was ist denn da los?

Gut, dass Italien so weit weg ist.

Mittwoch, der 26.Februar 2020.
Es gibt bereits 25 Corona-Tote in Norditalien.

Nach vier Tagen Sightseeing geht meine Städtetour in Prag zu Ende. Der Rückflug steht an. Im Eingangsbereich des Flughafens stehen vereinzelt Spender mit Handdesinfektionsmittel für alle Reisenden. Das ist ungewöhnlich. Ansonsten verläuft der Check-In reibungslos und normal. Zuhause angekommen realisiere ich, wie viel Glück ich hatte, überhaupt nach Deutschland einreisen zu können. Denn mittlerweile haben ein paar weitere Staaten ihre Grenzen dicht gemacht. In Tschechien ist das Virus anscheinend noch nicht angekommen.

Freitag, der 28.Februar 2020.
Das Robert-Koch-Institut beginnt damit, die Corona-Fälle in Deutschland zu registrieren und zu zählen.

Ich bin froh, dass ich diese schöne Reise nach Prag gemacht habe. Eigentlich wollte ich erst im Frühling

6

fahren wegen des besseren Wetters, aber über Karneval gab es gute Angebote von den Hotels. Es wäre auch nicht schlimm gewesen, wenn es in Tschechien geschneit hätte. Man kann sich ja entsprechend anziehen. Hat es aber nicht. Im Nachhinein habe ich alles richtig gemacht. Zuhause höre ich, dass wegen des schlechten Wetters im Rheinland viele Karnevalsumzüge ausgefallen sind. Es hat mächtig gestürmt. Da habe ich ja nichts verpasst.

Donnerstag, der 12.März 2020.
Die Grenze von Österreich nach Italien wird geschlossen.

In Ischgl, einem weltbekannten Skiort in Tirol, ist die Epidemie besonders ausgeprägt. In der Silvretta Arena, dem angesagtesten Skigebiet Tirols, tummeln sich tausende Urlauber, um beim Après-Ski zu feiern. Ich bin noch nie dabei gewesen, aber ich kann mir bildlich vorstellen, wie es hier abläuft. Es wird getrunken, geknutscht und auf den Tischen getanzt bis zum Umfallen. Viele Menschen stecken sich so mit dem Corona-Virus an und verteilen es von hier aus in die ganze Welt. Am Ende wird es über 5000 Infizierte geben, die das Virus weitertragen.

Dabei haben viele Partygäste in Ischgl schon von dem Virus gehört, auch, dass sich bereits ein paar Barkeeper infiziert haben und trotzdem weitergearbeitet haben.
Der Ernst der Lage ist keinem bewusst.
Selber schuld?

Freitag, der 13.März 2020.
Die Schweiz überlegt eine Schließung zu Österreich. In der Schweiz wird sogar der Notstand ausgerufen. Die WHO stuft die Epidemie zu einer Pandemie hoch.
Eine reine Vorsichtsmaßnahme.

Die Skisaison muss sofort beendet werden. Après-Ski findet nicht mehr statt.
Gut, dass Österreich und die Schweiz so weit weg sind.

Abends im Fernsehen werden erste Stimmen laut, dass Ischgl möglicherweise viel zu spät reagiert habe und erst neun Tage nachdem der Skiort zu einem Risikogebiet erklärt worden ist, mit Quarantänemaßnahmen begonnen habe. Da habe sich das Virus bereits über mehrere Kontinente verbreitet. Auf den Partytourismus will man halt nicht verzichten. Das ist gut und schnell verdientes Geld.

In Italien werden landesweit Beschränkungen eingeführt, es gibt einen ´Lockdown´. Es gibt Ausgangssperren und Kontaktverbote. Die Straßen, die ich im Fernsehen sehe, sind menschenleer. Es fahren keine Autos.

Ich wohne in Deutschland in NRW, da, wo alles bestens organisiert ist. Wir haben bestens ausgebildete Ärzte, reichlich Beatmungsbetten und Isolierstationen. Das Gesundheitswesen ist angeblich das beste der Welt. Das will ich gerne glauben. Also kann uns hier gar nichts passieren. Im Übrigen gibt es hier bei uns nur die Ischgl-Urlauber, die ihren Husten zuhause auskurieren. Alles ist unter Kontrolle.

Freitag, der 13.März 2020.
Eilmeldung:
Ab sofort werden alle Schulen und Kitas in ganz Deutschland geschlossen. Vorerst bis zu den Osterferien.

Was? Warum? Diese Nachricht kommt jetzt aber plötzlich! Große Aufregung bei den Eltern!
In den Nachrichten heißt es: es sei nur eine Vorsichtsmaßnahme. Ach so, falscher Alarm? Dann ist es ja nicht so schlimm. Nein, kein falscher Alarm.

Im Kreis Heinsberg nahe Aachen hat es besonders viele Corona-Fälle gegeben.
Die meisten Erkrankten sind alle auf derselben Karnevalsveranstaltung gewesen und haben sich dort angesteckt. Um die Ausbreitung des Virus zu unterbinden, müsse man so handeln. Gut, dass ich kein Karneval gefeiert habe. Dann kann mir auch nichts geschehen.
Heinsberg ist ja noch weit weg.

Die Telefonleitungen laufen heiß. Alle Eltern müssen ihre Kinder für die nächsten fünf Wochen betreuen können. Ist ja klar, dass die meisten Großeltern in so einer Notlage einspringen. Das tue ich ja auch.
Der kommende Montag ist schon einmal gerettet. Ich übernehme meine Enkel, damit die Eltern auf ihrer Dienststelle die kommenden Wochen planen können. Es ist ein strahlend schöner Frühlingstag. Alle Kirschbäume, Forsythien und Narzissen blühen in Hülle und Fülle. Also beschließen Oma und Enkel, einen ausgiebigen Spaziergang zu einem großen Spielplatz zu machen. Am frühen Vormittag tummeln sich hier schon einige Kinder mit ihren Müttern. Ich habe mir vorgenommen den Spielplatz unverzüglich zu verlassen, wenn die Anzahl der Kinder zu groß wird. Wir sollen ja alle einen 1,5m Abstand einhalten wegen der Ansteckungsgefahr.

Wer kann, der soll Homeoffice machen. Bei anderen Berufsgruppen soll es Kurzarbeit bzw. Schließung bis auf weiteres geben, damit die Kinder betreut werden können, so das Resultat der Gespräche der Bundesregierung.

Ich stelle mich gerne als Babysitter zur Verfügung, um meine Enkel zu betreuen. Ich habe ja Zeit.

Es sind gerade drei Tage nach dem Lockdown in Italien her, da verabreden sich die Italiener zu spontanen Gesängen gegen die Isolation auf ihren Balkonen. Das ist typisch Italien! Die Stimmung ist grandios. Schon bald wird das gemeinsame Treffen auf den Balkonen zu einer bestimmten Uhrzeit genutzt, den Ärzten und vielen Helfern mit Beifall zu danken für ihre unermüdliche Arbeit in den Krankenhäusern. Diese Welle der Solidarität schwappt schon bald nach Deutschland über. Jetzt wird auch hier gesungen, jedoch nicht so lauthals und feurig wie in Italien.

Ich sehe gegenüber von meinem Balkon einen 6-jährigen Schüler mit seiner Trompete stehen und höre, wie er „Freude schöner Götterfunken" von Beethoven spielt. Dazu wurde heute früh im Radio aufgerufen. Alle, die Lust haben, können zur gleichen Zeit dieses Lied musizieren. Aber ich traue mich nicht, meine Flöte zu holen und mitzuspielen. Ich bin ein Feigling. Auf meiner Straße bleiben auch fast alle

Fenster und Türen zu. Vielleicht ist es in einer Großstadt wie Köln oder Düsseldorf anders.

Dienstag, der 17.März 2020.
Alte und kranke Menschen, also auch Großeltern, sollen nicht mehr besucht werden, auch nicht im Alten- oder Pflegeheim, denn sie zählen zu den Risikogruppen. Ein Mindestabstand von 1,50m soll zu seinen Mitmenschen eingehalten werden.

Ich bin gemeint. Mich darf keiner mehr besuchen. Ich gehöre zur Risikogruppe. Ich bin alt. Alte Menschen infizieren sich sehr viel häufiger als junge Leute oder Kinder. Auch wegen vorhandener Vorerkrankungen, die ihr Immunsystem zusätzlich belasten. Das haben die Virologen festgestellt. Sie haben auch festgestellt, dass sich das Virus durch Tröpfcheninfektion überträgt. Also husten, niesen, sprechen. Deshalb sollen wir alle einen Abstand von mindestens 1,5m, besser noch 2m einhalten. Viele Alte sind bereits an Covid-19 gestorben. Alle Kinder sollen ausschließlich von den Eltern betreut werden. Ich bin also raus. So ganz kann ich es noch nicht glauben. Wie soll das denn funktionieren ohne mich? Die Eltern müssen sich abwechseln bei der Betreuung ihrer Kinder. Ganz ehrlich, ich hätte nicht gedacht, dass sie das hinkriegen. Aber sie müssen und wollen. Denn sie wollen meine Gesundheit nicht aufs Spiel setzen. Und ich will nicht krank werden.

```
Dienstag, der 17.März 2020.
Donald Trump macht aus der Lappalie
einen Notstand.
```

So ändern sich die Zeiten. Auch er macht die Grenzen dicht. Keiner darf mehr in die USA einreisen. Alle Touristen müssen das Land verlassen.

Der Bürgermeister von Dormagen, Erik Lierenfeld, appelliert an seine Mitbürger, zuhause zu bleiben, wenn es irgendwie geht. Nur noch Polizisten, Ärzte, Krankenschwestern, Apotheker etc. dürften mobil bleiben.

Das ist ja schön und gut, aber vorher muss ich noch ein paar Einkäufe erledigen, damit ich für die nächsten Tage etwas im Kühlschrank habe.

Viele Eltern folgen den Anweisungen des Bürgermeisters und bleiben zuhause. Das merkt man daran, dass die Straßen leer sind, aber spätestens am Nachmittag lockt das schöne Frühlingswetter alle Familien nach draußen. Die Spielplätze sind beliebte Treffpunkte bei Jung und Alt, ebenso die Eisdielen. Dort treffen sich alle und debattieren über die Schließungen. Man hat ja die Hinweise ernst genommen, nicht zur Arbeit zu gehen. Aber ein wenig frische Luft darf einem keiner verbieten. Und morgen wird ein Einkaufsbummel gemacht. Die Stimmung ist gut.

Der Regierung reichts.

Am Dienstag beschließt die Regierung die Schließung aller Restaurants, Kneipen und Spielplätze ab sofort. Eine weltweite Reisewarnung des deutschen Auswärtigen Amtes wird herausgegeben. Erst einmal bis Mitte Juni 2020.

Ich glaube, viele Eltern hatten schon für heute einen gemeinsamen Nachmittag mit ihren Kindern auf dem Spielplatz geplant. Das Wetter ist so traumhaft. Das können sie jetzt vergessen. Über Nacht haben die Grünämter der Stadt die Spielplätze mit rotweißem Flatterband abgesperrt. Keiner darf mehr in die Grünanlagen gehen.

Planänderung. Die Familien brauchen eine Alternative. Ein Einkauf im Baumarkt. Das wäre nicht schlecht. Das hatten sie sowieso noch für diese Woche eingeplant. Dann kann man am Wochenende im Garten ein wenig werkeln. Oder ein Gang zum Frisör, die haben auch noch geöffnet. Aber vorher noch ein Einkauf im Supermarkt.

Ein paar Reserven zuhause zu haben, kann ja nicht schaden. Selbst der Ministerpräsident, Armin Laschet, rät der Bevölkerung, Vorräte anzulegen. Es gibt sogar eine Checkliste vom Bundesamt für Bevölkerungsschutz und Katastrophenhilfe, was man alles kaufen sollte. Darunter fallen 2 Liter Getränke pro Person, gemeint sind Wasser oder Säfte, Kartoffeln, Nudeln, Reis, Mehl, Zucker, Eier, Öl, Obstkonserven, Hülsenfrüchte, Marmelade, Milch, Milchprodukte, Fett usw., usw.

Ab sofort sitzen die Kassierer und Kassiererinnen hinter einer Plexiglasscheibe und händigen einem das Wechselgeld nur über eine Schale oder einen Teller aus. Schwarzgelbe Markierungen auf dem Boden zeigen den Kunden, wo sie stehen und laufen dürfen und wo nicht. Selbst Analphabeten könnten sich hier zurechtfinden. Bloß keinen Körperkontakt! Es kommt mir so vor, als hätten alle über Nacht die Pest bekommen.

Und dann passiert etwas, womit niemand gerechnet hat. Die Leute werden panisch.

Noch bevor die Supermärkte öffnen, bilden sich lange Warteschlangen vor den Geschäften. Die Märkte quillen über vor Menschen, die große Vorratsmengen horten wollen. Die Einkaufswagen sind gefüllt bis zum Rand. Die Leute kaufen Konserven, Getränke und Dinge, die sie eigentlich sonst nie essen würden. Oder essen Sie täglich Linsen- oder Erbsensuppe oder Thunfisch aus der Dose? Nudeln und Seife sind bald ausverkauft. Wer braucht denn tonnenweise Nudeln? Es hat sich wohl herumgesprochen, dass es knapp werden könnte mit der Versorgung von Lebensmitteln, da ja immer mehr Grenzen geschlossen werden. Wie sollen dann die LKWs mit den Waren zu uns kommen? Viele Dinge gibt es ja gar nicht zu dieser Jahreszeit in Deutschland. Aus Südafrika gibt es Südfrüchte, aus Spanien Erdbeeren, aus Holland Käse aus China alles andere. Handys, Fernseher, Klamotten, Sportartikel, Spielzeug. Jetzt sehen wir erst, wie abhängig wir uns von anderen Ländern gemacht haben.

Also wird eingekauft, als gäbe es kein Morgen mehr. Die Regale leeren sich im Minutentakt. Fast überall gibt es Hamsterkäufe. Klopapier steht an erster Stelle. Hä? Wieso Klopapier? Dabei steht Klopapier gar nicht auf der Checkliste des Bundesamtes. Und trotzdem. Schon am Abend sind die Regale leergefegt. Klopapier wird zum Luxusprodukt und wird meistbietend im Internet versteigert. Das ist mir ein Rätsel. Spinnen jetzt alle?

Mittwoch, der 18.März 2020.
Alle Geschäfte und Frisörsalons, sowie Einkaufszentren werden geschlossen.

Lediglich Super- und Baumärkte dürfen offenbleiben.

Das habe ich mir anders vorgestellt. Der Einkaufsbummel muss verschoben werden. Und dabei wollte ich heute doch noch schnell in den Buchladen und mich mit ein paar Büchern eindecken, falls die Krise doch noch länger anhalten sollte. Ja, Pech gehabt. Alle Geschäfte sind zu.

Ich muss zuhause bleiben und mir notfalls Bücher im Internet bestellen. DHL, Hermes und UPS habe ich noch ausliefern sehen.

Natürlich haben die Verantwortlichen ganz oben mitgekriegt, dass die Warnungen nicht alle Menschen erreichen. Also werden am Abend im Fernsehen Bilder aus Italien gezeigt, die abschrecken sollen. Auf einer Intensivstation liegen Bett neben Bett Menschen auf dem Bauch, die beatmet werden müssen. Sie liegen auf dem Bauch, weil ihre Lungen so besser Sauerstoff aufnehmen können. Überall Schläuche, Maschinen, Monitore. Dann werden Leichenhallen gezeigt und Fahrzeuge des Militärs, die die vielen Särge abtransportieren. Sie bringen die Särge in große Kühlhallen. Das ist echt gruselig.

Ich stehe am Fenster und schaue nachdenklich ins Freie. Am Himmel sind keine Flugzeuge zu sehen, auch keine Kondensstreifen. Der strahlend blaue

Himmel ist nicht diesig, sondern klar und sauber. Spaßeshalber zähle und beobachte ich die vorbeifahrenden Autos auf der Straße. Ich habe ja Zeit.

Ich bin beeindruckt, wie viele Ärzte und Feuerwehrleute in meiner Stadt wohnen. Pro Stunde zähle ich über 450 Autos, die von A nach B fahren. Natürlich sind das nicht alles Personen, die Dienst machen müssen, sondern Leute, die schon wieder zum EDEKA oder Aldi fahren, damit es bei ihnen zuhause keine Engpässe gibt. Der Andrang auf dem großen Parkplatz vor dem Supermarkt ist schon ab acht Uhr morgens groß. Niemand trägt eine Atemmaske, kaum einer hält Abstand an der Kasse. Es bleiben eben immer noch nicht alle Menschen zuhause. Hamsterkäufe werden täglich wiederholt. Ich habe keine Ahnung, wo das ganze Klopapier bei den Leuten gestapelt wird. Es hat schon Szenen gegeben, wo sich Kunden im Geschäft geprügelt haben, um wenigsten an eine Rolle Klopapier zu kommen. Die Polizei ist angerückt und hat die Streithähne auseinandergetrieben. Psychoanalytiker haben eine Erklärung dafür. ´Deutschen eilt der Ruf voraus, dass sie immer funktionieren und dass sie penibel auf Genauigkeit achten. Diese Zwanghaftigkeit entspricht psychoanalytisch der analen Phase´. An den Kassen werden ab sofort die

Mengen reglementiert. Jeder darf nur eine bestimmte Menge von Konserven etc. einkaufen, damit für alle etwas übrigbleibt.

Viele Menschen begreifen den Ernst der Lage nicht. Sie denken nur an ihr Wohl. Was jetzt? Ausgangssperre? Vielleicht geht es nicht anders.

Donnerstag, der 19.März 2020.
Die aktuellen Infektionszahlen von Deutschland werden bekannt gegeben. 14.000 Infizierte, 30 Tote.

Ich stelle mir gerade vor, was wäre, wenn ich ins Krankenhaus müsste mit hohem Fieber und einer Lungenentzündung. Ich möchte mir gar nicht vorstellen, welchen Anblick ich den Ärzten biete, wenn ich so da liege. Halb nackt mit dem Hintern nach oben. Also rasiere ich mir sorgfältig die Beine und mache Pediküre. So sieht das doch schon gleich viel besser aus. Ich habe ja Zeit. Meine Tochter, sie ist Ärztin, meldet mir in der Zwischenzeit, dass sie in häuslicher Quarantäne ist. Eine Patientin von ihr hatte das Coronavirus. Weil meine Tochter die Patientin ohne Schutzkleidung untersucht hat und die Ansteckungsgefahr dadurch sehr hoch war, hat ihr Chef sie nach Hause geschickt. Ein Test steht noch aus. Ich werde auf jeden Fall einen großen Bogen um meine Tochter machen, denn ich habe keine Lust, das blöde Virus zu bekommen. Wir beschränken unsere Kontakte aufs Telefonieren. Schade.

Freitag, der 20.März 2020.
Angela Merkel hält eine Rede an die Nation. So eine Krise hat es seit dem 2.Weltkrieg nicht mehr gegeben. Fast 23.600 Fälle sind mittlerweile beim Robert-Koch-Institut für Deutschland registriert. 71 Menschen sind bereits an dem Virus gestorben. Bitte bleiben Sie zuhause, ist die Bitte der Kanzlerin.

Am Morgen schaue ich auf meinen Terminkalender. Heute ist ein Abend mit Freunden geplant. Wir wollen lecker essen gehen. Das muss leider ausfallen. Das Lokal hat geschlossen. Also Strich durch. Wir verschieben den Termin auf unbestimmte Zeit.
Herr Lierenfeld, Bürgermeister von Dormagen, lässt von seinen städtischen Mitarbeitern Flyer an alle Bürger verteilen. Ich habe auch einen in meinem Briefkasten.
Darauf steht, worauf es jetzt ankommt:
-Zuhause bleiben
-Abstand halten
-Kinder betreuen

-Hände waschen
-Zusammenhalten
-Rücksichtsvoll einkaufen
Außerdem erhalten alle Bürger die wichtigsten Telefonnummern von der Bürgerhotline, dem örtlichen Krankenhaus, der Energieversorgung, dem ärztlichen Notdienst, dem Gesundheitsamt etc. Es könnte ja sein, dass man selber einmal diese Nummern wählen muss, weil man sich infiziert hat. Und dann zählt jede Minute. Das ist sehr vorausschauend überlegt, finde ich.
Ich pinne mir das Blatt an meine Pinwand neben dem Telefon. Da steht auch schon die Flasche mit dem Desinfektionsmittel.

Sonntag, der 22.März 2020.
Es wird eine bundesweite Kontaktsperre verhängt. Kirchen werden geschlossen. Nur noch zwei Personen dürfen sich gleichzeitig treffen und sich auf öffentlichen Plätzen aufhalten.

Lediglich ein Spaziergang in der Nähe seiner Wohnung (etwa 500 Meter Radius) ist erlaubt und joggen.
Für Obdachlose wird die Empfehlung, zuhause zu bleiben, unmöglich umzusetzen sein. Sie haben ja

kein Zuhause. Auch wird es schwierig, auf den Straßen um Geld oder Nahrung zu betteln. Es hält sich ja kaum noch einer auf der Straße auf. Die Busse, U-Bahnen und S-Bahnen sind menschenleer. Pfandflaschen werden nicht mehr in öffentlichen Mülleimern entsorgt. Diese Einnahmequelle fällt weg.

Viele Tagesaufenthaltsstätte bleiben zu. Suppenküchen machen dicht, weil es an Schutzbekleidung für die Helfer fehlt. Was jetzt? In vielen Städten entsteht die Aktion ´Gabenzaun´. An diesen Zaun hängen Privatleute Tüten mit Kleidung, Lebensmitteln, Zigaretten, Getränke oder Tierfutter, die sich Bedürftige abholen können. Eine große Welle der Hilfsbereitschaft entsteht. Wenn ich vor die Tür dürfte, würde ich direkt mitmachen.

Allmählich realisieren viele, dass es diesen Sommer wohl keinen Urlaub ins Ausland mehr geben wird. Es ist ja alles geschlossen, alles abgesperrt. Die Flugzeuge stehen am Boden. Man könnte auch keinen Abstand im Flugzeug einhalten. Tausende stornieren ihren Urlaub.

Ich sitze allein am Frühstückstisch und überlege, was ich heute unternehmen kann. An einem Sonntag ist ja in den Städten nicht viel los. Dann fällt mir ein: es ist auch in den nächsten Wochen nichts mehr los in den Städten. Alles ist und bleibt geschlossen, und wir sollen alle zuhause bleiben. An den Gedanken muss ich mich erst noch gewöhnen.

Angela Merkel muss in häusliche Quarantäne.

Nun steht das Virus unmittelbar vor meiner Tür. Tochter in Quarantäne, Angela in Quarantäne. Dass es soweit kommt, hätte ich nicht gedacht.
Vielleicht kann mir jemand Klebeband für die Türritzen aus dem Baumarkt organisieren? Die haben ja noch immer geöffnet.
Heute kann ich nicht mehr sagen: wie gut, dass es noch weit weg ist. Ich lasse meine Tür zu und hoffe, dass es sich nicht unbemerkt hineinschleicht.
Meine Kinder versorgen mich täglich mit Lebensmitteln und ein wenig Arbeit. Damit wir uns nicht zu nahekommen, haben wir ausgemacht, dass ich einen leeren Korb in meine Garage stelle. Die Einkaufssachen werden dann von den Kindern hineingelegt. Sie klingeln anschließend an meiner Tür, damit ich weiß, dass der Lieferservice da war. Ich kann mir die Sachen anschließend in die Wohnung holen. So vermeiden wir den Kontakt. Was sind wir kreativ.
Falls mal Langeweile aufkommt, stopfe ich Löcher in Jeans oder antworte meinen Enkeln mit einem

ausführlichen Brief, ich schreibe an meinem nächsten Buch und lasse den ganzen Tag über das Radio aus, denn ich muss nicht alle 30 Minuten die negativen Nachrichten inhalieren. Ich schaue nach vorne, bleibe optimistisch, freue mich, dass sich die Natur endlich einmal erholen kann. Es fahren kaum Autos durch die Straßen, Flugzeuge fliegen nur noch, um gestrandete Touristen in der Welt einzusammeln. Und Kreuzfahrtschiffe liegen allesamt in den Häfen in Quarantäne. So sauber waren die Luft und das Wasser schon lange nicht mehr. Durch die Lagunen von Venedig gleiten jetzt majestätisch die schönsten Quallen, vorbei am Dogenpalast und der Rialtobrücke. Das Wasser ist hell türkis und glasklar. Das würde ich gerne sehen. Geht aber aus bekannten Gründen nicht. Ich kenne Venedigs Lagunen nur mit stinkigem, faulig riechendem Wasser. Und überall Kreuzfahrtschiffe, die das Wasser noch mehr verschmutzen. Jetzt ist es paradiesisch und still. Jede Krise hat auch eine gute Seite!

Die verhängte Kontaktsperre wird vom Ordnungsamt und Streifenpolizisten kontrolliert. Wer sich nicht daran hält, muss mit einer Geldstrafe rechnen. Schon morgens sieht man sie in den Straßen patrouillieren. Manchmal gehen sie einem Hinweis nach, denn es gibt auch einige Petzen, die Spaß daran haben, der Polizei Tipps zu geben.

Donnerstag, der 26.März 2020.
NRW hat als erstes Bundesland einen
Bußgeldkatalog für Corona-Verstöße
erstellt. Wer sich nicht an die
Verordnungen hält, muss mit 150€ bis zu
25.000€ Strafe rechnen.

Ich bin neugierig, was die Vergehen denn alles
kosten. Den Mindestabstand von 1,50m nicht
einhalten kostet 150,00€, ein unerlaubter Besuch im
Pflegeheim oder Krankenhaus wird mit 500,00€
bestraft. Das Verlassen der eigenen Wohnung ohne
triftigen Grund kostet 150,00€. Solche Verstöße
seien schließlich keine Kavaliersdelikte, so
Innenminister Reul. Ich finde es angemessen.
Ein paar pfiffige Eisdielenbesitzer verkaufen ihr Eis
aus dem Fenster: to go. Keine Hörnchen, sondern
Becher. So die Vorgabe. Schleckermäuler dürfen ihr
Eis aber nicht direkt vor der Eisdiele essen, sondern
müssen sich mindestens 50 Meter entfernen. Auch
hier drohen Strafen (200Euro), wenn man schon am
Eis leckt, bevor man sich in 50 Meter Entfernung
befindet. Eine kuriose Verordnung des Landes
Niedersachsen erklärt die Lage ganz genau und sehr
verständlich:
*"Bei der Anwendung der Verordnung darf insofern
pragmatisch vorgegangen werden, als durch erstes*

rasches Lecken an einer Eiskugel während des zügigen Sichentfernens von der Eisdiele ein Heruntertropfen des Eises auf Kleidung oder Fußboden verhindert werden darf. Für den Verzehr des Resteises gilt jedoch der Abstand von 50 Metern."

Ist klar.

Freitag, der 27.März 2020.
47.000 Infizierte und 281 Tote gibt es
in Deutschland. Italien hat 9.000 Tote.

Ich mache am Morgen das Radio an, wie jeden Morgen beim Frühstück. ´Corona´. Das ist das Thema Nummer1 seit 14 Tagen. Diesmal geht es um unsere Krankenhäuser. Die Krankenhäuser haben das Gefühl, dass es jetzt bei uns los geht mit dem Ansturm auf die Beatmungsbetten. Bislang war alles noch eher ruhig. Die Ruhe vor dem Sturm, wie man zu sagen pflegt.

Am Abend im Fernsehen wieder das Thema ´Corona´. Aber heute gibt es im Fernsehen ein noch nie da gewesenes Szenarium: Papst Franziskus gibt der Welt seinen höchsten Segen „Urbi et Orbi". Das geschieht sonst nur zu Weihnachten und Ostern. Ich bin evangelisch, aber das möchte ich auf keinen Fall verpassen. Denn langsam wird es auch mir mulmig mit dem blöden Virus, das die ganze Welt auf den Kopf stellt. Auf dem menschenleeren Petersplatz betet der Papst, umgeben von seinen zwei engsten Kardinälen, am frühen Abend in strömendem Regen für die Welt, im Hintergrund das Heulen der Sirenen eines Krankenwagens. Das geht unter die Haut. Gespenstisch.

Samstag, der 28.03.2020
Angela Merkel meldet sich aus der häuslichen Quarantäne.

Meine Tochter ist nicht infiziert und darf wieder arbeiten. Aber wir treffen uns weiterhin nicht. Die Gefahr, sich doch einmal anzustecken, ist zu groß. Seit 11 Tagen bin ich alleine zuhause. Das ist eine gute Zeit dafür, schon mal auszutesten, wie es sich anfühlt, wenn man im Alter alleine ist. Was kann man noch machen? Lesen- nur eingeschränkt, weil die Augen schnell ermüden. Spazierengehen- nur eingeschränkt, weil die Beine nicht mehr wollen. Fernsehen- das geht ohne Einschränkung. Aber das will ich nicht den ganzen Tag machen. Ich höre gerne klassische Musik, ich schreibe gerne, ich pflege meine Freundschaften, ich kümmere mich um meine Kinder und Enkel (telefonisch). Das ist schon mal ein Anfang.

Angela Merkel selbst hatte Kontakt zu einem Corona-Infizierten. Viele Prominente und Politiker haben sich angesteckt. So zum Beispiel Prinz Charles, Boris Johnson, Friedrich Merz, Cem Özdemir, Madonna, Placido Domingo.

Die ersten Schwerstkranken Italiens werden mit einem Spezialflugzeug der Luftwaffe nach Deutschland eingeflogen und auf Kliniken in Köln, Bochum und Bonn verteilt.

Dort gibt es noch freie Beatmungsbetten. Wie lange noch, kann keiner sagen.

Aber es gibt auch positive Nachrichten. In Wuhan, der chinesischen Stadt, wo das Virus als erstes ausgebrochen ist, scheint sich die Lage zu entspannen. Die Menschen dürfen wieder in die Stadt kommen und ihre Arbeit aufnehmen. U-Bahnen und Züge rollen wieder. Jeder ist verpflichtet, eine Atemschutzmaske zu tragen und darf die Stadt nicht verlassen. Man will abwarten, wie sich das Virus in den nächsten Tagen verhält.

Man möchte fast sagen: endlich ist das Wetter schlecht. Nach dem frühlingshaften Sonnenschein der vergangenen Tage ist es jetzt rund zehn Grad kälter. Ein eisiger Wind aus Nordost weht Regen und

Schnee ins Land. Die Menschen bleiben freiwillig zu Hause. Viele renovieren ihre Wohnungen, verschönern ihren Garten oder Balkon und machen Dinge, für die sie immer nicht genug Zeit hatten. Ich will heute die Fenster putzen und einen Frühjahrsputz machen. Es geht auf Ostern zu. Danach lese ich. Ich habe mir ein Buch ausgeliehen. Das vertreibt die Langeweile. Ich bin ja immer noch alleine.

Zum Glück sind die Baumärkte noch auf. Am Eingang stehen Desinfektionsmittel für die Kunden. In den Baumarkt dürfen zwar immer nur eine abgezählte Menge Kunden hinein, natürlich mit mindestens 1,5m Abstand in der langen Warteschlange, aber irgendwann ist man an der Reihe und kann sich seine Farben, Pinsel, Bretter oder Pflanzen aussuchen. Zuhause angekommen müssen als erstes die Hände gewaschen werden. Dann hat man alles richtig gemacht.

Sonntag, der 29.März 2020
Mittlerweile sind 58.360 Menschen in Deutschland infiziert und 474 Menschen verstorben. Weltweit haben sich 550.000 Menschen infiziert. 25.000 Menschen sind bereits daran gestorben.

In den vergangenen zwei Stunden sind schon wieder 30 Tote hinzugekommen. Es gibt im Internet einen Live-Zähler für Infizierte und Tote. Schrecklich.

In Italien ist die Situation besonders dramatisch. Es gibt nicht nur eine Ausgangssperre, sondern zusätzlich noch eine Produktionssperre. Aber warum ist es da so viel schlimmer als bei uns? Sind Italiener vielleicht zu wenig strukturiert? Ist die Organisation in den Kliniken chaotisch oder fehlt medizinisches Personal?

10.000 Tote gibt es bis jetzt. Täglich sterben bis zu 800 Menschen. Das Militär muss die vielen Toten einsammeln und in gekühlten Hallen unterbringen. Die Angehörigen können sich nicht einmal von ihren Verstorbenen verabschieden. Die Öfen in den Krematorien laufen auf Hochtouren. Beerdigungen sind im Familienkreis nicht erlaubt. Alles läuft anonym ab. Es gibt sogar Massengräber für die vielen Toten. Das finde ich ganz furchtbar, wenn man sich nicht einmal von seinen Liebsten verabschieden kann.

Montag, der 30.März 2020.
Donald Trump befiehlt dem Autobauer General Motors, Beatmungsgeräte zu produzieren. Die Firma soll 100.000 Geräte in 100 Tagen herstellen. 12.000

Soldaten und riesige Lazarettschiffe
werden in die Krisengebiete geschickt.

Ein Lazarettschiff soll in New York anlegen, wo es neben New Orleans die meisten Corona-Fälle gibt. Dort sollen aber keine Coronapatienten aufgenommen werden, sondern nur normale Kranke aus den Krankenhäusern, um diese zu entlasten. Bislang gibt es hier 30.000 Infizierte und 300 Todesfälle. Zwei Billionen Dollar werden für die Krise bereitgestellt. Was für Zahlen!
Die dritte Woche der schulfreien Tage in Deutschland hat begonnen. Die Eltern bekommen reichlich Lernmaterial für ihre Kinder mit nach Hause. Es werden Wochenpläne erstellt. Einige Kinder sehen die freie Zeit allerdings als Urlaub und schlafen erst einmal bis in die Puppen, wollen dann spielen, dann faulenzen, dann Nintendo spielen, dann die Eltern nerven. Unterricht zuhause? Das ist blöd. Ich ahne schon jetzt, dass sich die Leistungen dramatisch verschlechtern werden. Hoffentlich ist bald ein Ende der Unterrichtsausfälle in Sicht.

Angela Merkel ist zum dritten Mal
Corona-negativ getestet worden und
somit gesund.

Heute habe ich das erste Mal in den Nachrichten gehört, dass es auch in Moskau eine Ausgangssperre für alle gibt. Bislang hat man nie etwas aus Russland gehört. Jetzt spricht man von 1000 Kranken allein in der Hauptstadt. In nur wenigen Tagen wird ein Krankenhaus für 500 Patienten gebaut. Das nenne ich sportlich.

Warum dauert der Bau des BER in Berlin so lange? Aber das ist ein anderes Thema.

Noch dürfen Busse und Bahnen in Russland fahren, aber es wird wohl eine Frage der Zeit sein, wann auch hier der Betrieb eingestellt wird.

Hier in Deutschland sind die ersten finanziellen Hilfen für Selbständige auf den Weg gebracht. Die ersten Notleidenden können mit Hilfe eines Antragformulars, dass man im Internet downloaden kann, Gelder beantragen, um ihre Angestellten bezahlen zu können und den Betrieb nicht schließen zu müssen.

Die NRW-Soforthilfe kann unter folgender Seite aufgerufen werden: *Soforthilfe-corona.nrw.de*

Das funktioniert ganz unbürokratisch und binnen weniger Stunden. Ich kenne jemanden, der diese Hilfe beantragt hat und binnen einer Woche das Geld auf seinem Konto hatte. In Krisenzeiten funktioniert alles Bürokratische auf einmal zügig und problemlos. Wer hätte das gedacht?

Ein paar Betrüger haben sehr schnell ihre Chance gesehen, unbürokratisch an Geld zu kommen, indem sie das Formular des Ministeriums täuschend echt gefälscht haben und so an tausende Daten und Kontoverbindungen gelangt sind. Mit einer Fake-Internetseite haben sich die Kriminellen viel Geld ergaunert. Zum Glück ist dieser Betrug sehr schnell aufgeflogen. Das Bundeskriminalamt hat seine Ermittlungen aufgenommen.

Selbst G20-Gipfel funktionieren neuerdings per Videokonferenz. Was für eine Kostenersparnis. Keine Sonderflüge, keine Sicherheitsvorkehrungen für Staatsoberhäupter, kein Anmieten von Luxushotels. Jetzt geht alles von zu Hause aus.

Was so ein kleines Virus für Folgen in der Welt haben kann! Vielleicht verändern die drastischen Maßnahmen zur Ausgangssperre ja auch das Klima? Ob der Wintereinbruch in diesen Tagen schon ein Beginn ist? Wird die Erderwärmung gestoppt? Der Verkehrsbericht meldet fast keine Staus zur Rushhour, der Himmel ist frei von Flugzeugen. Es gibt keinen Smog, keinen Autolärm. Die Umweltaktivistin, Greta Thunberg, wird's freuen. Deutschlandweit hat es in den letzten zwei Tagen überall Frost gegeben. Ich gehe täglich spazieren, diesmal mit Winterjacke. Die frische Luft tut gut. Im Wald, sagen die Virologen, könne man sein Immunsystem stärken. Das habe ich vor.

Weißrussland ist wohl das einzige Land auf der Welt, dass die Corona-Krise leugnet. Es werden weiterhin Fußballturniere oder andere Sportevents in der Öffentlichkeit ausgetragen. Ich bin gespannt, wie es dort in vierzehn Tagen aussieht, aber ich vermute schon jetzt, dass man davon nichts erfährt.

Es wird gemunkelt, dass Donald Trump eine große Lieferung von Atemschutzmasken und Kitteln nach Amerika umgeleitet hat, obwohl diese Lieferung nach Deutschland gehen sollte. *America first*, so sein Motto.

Wenn das stimmt, dann… Das kann einen doch echt wütend machen!

Dienstag, der 31.März 2020.
Nach vielen Diskussionen zwischen Virologen und Politikern wird empfohlen, einen Mundschutz zu tragen, wenn man einkaufen geht.

Jedoch solle man sich eine solche Atemschutzmaske selber nähen, damit die professionellen Masken Ärzten, Apothekern und Pflegekräften vorbehalten bleiben, denn es herrscht weltweit ein großes Defizit an Schutzbekleidung und Atemmasken. Bislang haben die Chinesen diese Masken in großem Umfang hergestellt und verkauft. Diese Quelle kann nicht mehr genutzt werden. Es haben sich zum Glück ein paar Firmen in Deutschland bereit erklärt, Atemschutzmasken für das eigene Land herzustellen. Diese sollen dann an Krankenhäuser und Alten- und Pflegeheime verteilt werden.

Praktische Anleitungen zum Nähen für Privatpersonen gibt es im Internet. Das habe ich natürlich selber schon ausprobiert. Ich habe ja Zeit. Ich brauche Baumwollstoff, einen Metallstreifen aus einem Schnellhefterstreifen, Gummiband und Nadel und Faden. 13 cm x 13 cm Stoff zuschneiden, dann drei kleine Falten legen und feststeppen. Den oberen und unteren Rand umnähen. Gummiband als Schlaufen für die Ohren abmessen und oben und unten am Rand befestigen. Den Metallstreifen in die obere Kante einschieben. Fertig. Verstanden? Wenn nicht, im Internet nachgucken.

Nun liegen Atemschutzmarken in hellblau kariert, gestreift und orange geblümt bei mir zu Hause. Ich ziehe sie nicht an, es ist ja nur eine Empfehlung, denn ich komme mir ganz schön blöd vor, sie in der Öffentlichkeit zu tragen. Noch.

Freitag, der 03.April 2020.
Seit heute gibt es weltweit 1 Million Corona-Infizierte. In Spanien sind an einem Tag 950 Menschen gestorben. So viele, wie noch nie. In Deutschland sind bis jetzt 1.000 Menschen daran gestorben.

In Alters- und Pflegeheimen spitzt sich die Lage zu, auch in manchen Krankenhäusern. Denn es werden in zunehmendem Maße auch Ärzte und Pflegepersonal krank.

Die frostigen Temperaturen der vergangenen Tage sind Vergangenheit. Für Sonntag werden sommerliche Temperaturen vorausgesagt. Das birgt die Gefahr, dass sich die Menschen wieder vermehrt draußen treffen wollen und das Kontaktverbot ignorieren.

Um Ernteausfälle in Deutschland zu verhindern, werden ab sofort für jeweils 40.000 Erntehelfer im April und Mai die Grenzen geöffnet. Es gibt jedoch strenge Auflagen. Die Unterkünfte müssen strengen hygienischen Vorschriften entsprechen. Gar nicht so einfach. Hier am Niederrhein wohnen die Erntehelfer häufig in klapprigen Wohnwagen, die am Feldrand stehen. Das ist in diesem Jahr nicht erlaubt. Es muss eine Lösung her, denn der Spargel wächst und will geerntet werden.

Bei mir um die Ecke habe ich beobachtet, dass einige Spargelfelder schon jetzt nicht mehr zum Ernten genutzt werden. Der Spargel blüht bereits. Wahrscheinlich waren nicht genügend Helfer da. Zum Glück ist der Spargelpreis relativ normal geblieben.

Sonntag, der 05.April 2020.
Queen Elisabeth II. hält eine Rede an ihr Volk.

In 68 Jahren Regentschaft hat sie sich nur dreimal an die Bevölkerung gewandt. In dieser vierten Rede spricht die 93jährige ihrem Volk Mut zu und will den Kampf gegen diese Krankheit gemeinsam mit ihnen aufnehmen. Das Gesundheitssystem in England ist nicht das beste. Auch hier fehlen Beatmungsbetten und Schutzkleidung, aber auch ausgebildetes Personal. Die Zahl der Toten steigt stündlich. Ärzte und Pflegepersonal sind hoffnungslos überfordert.
In der Zwischenzeit begibt sich Boris Johnson in eine Klinik. Seine Symptome haben sich verschlechtert. Hoffentlich kann ihm geholfen werden.

Montag, der 06.April 2020.

Premierminister Boris Johnson ist auf die Intensivstation verlegt worden.

Ich schalte das Radio beim Frühstück ein. Boris Johnson geht es wohl schlechter als vermutet. Seine Amtsgeschäfte übernimmt derweil der britische Außenminister.

Dann kommt eine Nachricht aus dem New Yorker Zoo. Dort hat sich ein Tiger mit dem Coronavirus infiziert. Das Tier ist von einem Tierpfleger angesteckt worden, der ohne Symptome an Corona erkrankt war. Erst ein Test bestätigt bei dem Tierpfleger die Infektion. Der Tiger liegt apathisch auf dem Boden seines Geheges und hustet. Aber angeblich geht es ihm gut. Das kann ich nicht so recht glauben, wenn ich das arme Tier sehe. Auch erste Haustiere, wie Katzen und Hunde, bekommen Corona-Symptome. Das Tragen von Schutzmasken vor Hundeschnauzen oder Katzenmäulern solle aber unterlassen werden.

Für die Bevölkerung heißt es abwarten und Tee trinken. Ich bekomme seit drei Wochen keinen Besuch mehr und gammele zuhause herum. Schön ist das nicht. Aber ich halte durch. Geht ja nicht anders. Erst nach Ostern wird klar sein, ob alle Maßnahmen, die zur Eindämmung des Virus ergriffen worden sind, erfolgreich waren. Das ist am Abend die

Meldung im Fernsehen. Jeden Abend nach der Tagesschau gibt es ein ´Extra´ zur Corona-Pandemie. Dauer: 15-20 Minuten, je nach Krisenlage.

Die Programmzeitschriften sind schon lange nicht mehr aktuell. Wer hat schon damit gerechnet, dass es so eine Krise gibt, bei der eine Sondersendung nach der anderen stattfinden muss.

Es ist jetzt eine Woche her, seit ich von einer Pandemie in Weißrussland gehört habe.

```
Mittwoch, der 7.April 2020.
Präsident  Alexander  Lukaschenko  ist
weiterhin der Ansicht, das Virus sei mit
Wodkatrinken    und    Saunagängen    zu
bezwingen.
```

Träum weiter, denke ich nur.

```
Heute  ist  Gründonnerstag,  der  9.April
2020.
Über    2.200   Todesfälle    sind    in
Deutschland  registriert.  In  den  USA
sind es bereits 14.800 Tote.
```

Bestattungsunternehmen in den USA haben Hochkonjunktur. Es werden Massengräber nördlich der Bronx auf Hart Island ausgehoben. Allein in New

York sind über 5.200 Menschen gestorben. Keine andere Stadt in den USA ist schlimmer betroffen.

Ich überlege mir derweil, wo die ganzen Schutzanzüge und Atemmasken entsorgt werden. Das müssen doch unglaubliche Mengen sein, wenn für jeden Patienten neue Masken und Kittel benötigt werden. Ist das alles Sondermüll? Gibt es keine andere Lösung für dieses Problem? Viele deutsche Textilfirmen haben angefangen, Atemschutzmasken selber zu produzieren, um sie Apotheken oder Supermärkten zur Verfügung zu stellen. Diese Masken können sogar mehrfach getragen werden und sind recyclebar.

Das finde ich eine sehr gute Idee, zumal sich die Natur ja gerade erholt.

Die Ostertage stehen bevor. Viele Deutsche hatten ursprünglich geplant, über Ostern an die Nordsee zu fahren. Die Grenze nach Holland ist offiziell noch geöffnet, aber Besuche aus Deutschland werden in diesen Tagen nicht gerne gesehen. Die Niederländer appellieren an die Vernunft der Besucher, zu Hause zu bleiben. Lange Schlangen gibt es nur vor den Coffeeshops. Dort deckt man sich mit Marihuana und Cannabis ein. Das ist auch eine Idee, die Krise zu überstehen. Im Rausch.

Karfreitag, der 10.April 2020.

Es dürfen weltweit keine Gottesdienste in Kirchen stattfinden.

Dieser Karfreitag wird wohl allen Menschen auf der Welt in Erinnerung bleiben. Nirgendwo auf dem Planeten dürfen Gottesdienste in Kirchen stattfinden. Rom- menschenleer, Jerusalem- menschenleer. Alle Gotteshäuser geschlossen. Ich selbst war vor zwei Jahren zu Ostern in Rom und weiß, wie voll es an diesen Tagen dort ist. Jeder möchte den Papst live erleben auf dem Petersplatz und den heiligen Segen ´Urbi et Orbi´ empfangen. Das ist in diesem Jahr alles nicht möglich.

Selbst die jahrhundertealte Tradition der Katholiken im Rhein-Kreis-Neuss, mit Holzratschen an die Gottesdienste und Gebetszeiten mit lautem Klappern zu erinnern, fällt in diesem Jahr aus. Lediglich im Live-Stream im Internet kann man Gottesdienste verfolgen.

Die Kirche wird in diesen Tagen kreativ. Für Katholiken gibt es fertig gepackte Päckchen mit Kerze, Weihrauch und Gebettexten, die bestellt werden können. Viele Gläubige kaufen sich so ein Päckchen für zuhause. Das überrascht selbst die Initiatoren dieser Aktion.

Ein Autokino bietet die Übertragung eines Gottesdienstes an, was sehr große Anerkennung unter den Besuchern findet.

Papst Franziskus zelebriert diesmal auf dem menschenleeren Petersplatz die Kreuzweg-Prozession, und nicht wie gewohnt am Kolosseum. Es begleiten ihn zwölf Personen, darunter auch einige Häftlinge aus dem Gefängnis ´Due Palazzi´ aus dem norditalienischen Padua, deren eigene Meditationstexte verlesen werden. Höhepunkt der Zeremonie ist das Gebet vor dem Pestkreuz. Dieses Pestkreuz hat die Stadt Rom im Jahr 1522 vor der Pest gerettet. Diesmal bittet Papst Franziskus um Hilfe und um das Ende der Corona-Pandemie. Er wirft sich im Altarraum des Petersdoms flach auf den Boden nieder und betet für Gnade, Hoffnung und Zuversicht.

Samstag, der 11.April 2020.
Die ersten Erntehelfer aus Rumänien sind angekommen. Eigens für sie sind die Grenzschließungen aufgehoben worden.

Nun kann die Spargel- und Erdbeerernte beginnen. Darauf haben die Spargelbauern gewartet. Sie rechnen trotzdem mit massiven Verlusten, da sie nicht allen Spargel abernten können.

Für den (sehr unwahrscheinlichen) Fall, dass es in Deutschland zu einer strengen Ausgangssperre kommt, werden Ausgangsbescheinigungen für Ärzte und Pflegepersonal von der Landesregierung ausgestellt, die man bei Bedarf in Polizeikontrollen vorzeigen kann.

Der Parkplatz vor dem nahegelegenen Supermarkt quillt um 9 Uhr bereits über. Dabei ist doch am Donnerstag bereits alles eingekauft worden. Schokoeier gibt es jedenfalls hier nicht mehr. Pech für diejenigen, die erst jetzt daran gedacht haben. Ich bin natürlich auch unterwegs in diesem Trubel. Es fehlt ja immer irgendetwas. Und sei es nur ein Pfund Butter. Es ist erschreckend, wie viele Regale leer sind. Es gibt kein Mehl, keine Nudeln, keine Hefe, keine Schokohasen. Das Obst ist matschig und das Gemüse zweite Wahl mit Dellen und Beulen. Wer weiß, woher das kommt?

Von meinem Balkon aus kann ich verfolgen, wann der Supermarkt um die Ecke eine nächste Lieferung frischer Waren bekommt. Dann fährt der riesige LKW bei mir vorbei auf den Parkplatz. An manchen Tagen kommt er aber nicht. Dann muss ich woanders einkaufen. Oder Reste essen. Die Kriegsgeneration müsste das noch wissen wie es ist, wenn die Waren knapp werden.

In der Türkei ist es seit der Nacht amtlich. Eine Ausgangssperre gilt ab sofort für die 31 größten Städte des Landes, wie zum Beispiel Istanbul und Ankara. Vorerst für 48 Stunden. Dies kommt selbst für die Bürgermeister überraschend. Keiner hat Zeit, sich darauf vorzubereiten. Es bleiben gerade einmal zwei Stunden Zeit bis zur Ausgangssperre. So bleibt es nicht aus, dass es zu tumultartigen Szenen auf der Straße und zu wilden Prügeleien kommt. Es bilden sich kilometerlange Schlangen vor den Geschäften und Geldautomaten. Viele Geschäfte werden gewaltsam geöffnet und geplündert.

Von einem Sicherheitsabstand kann keine Rede sein. Türken hamstern vor allem Kölnisch Wasser. Das wird wegen des hohen Alkoholgehalts als Desinfektionsmittel benutzt. Ich stelle mir gerade den Geruch vor, wenn sich alle ihre Hände mit 4711 desinfizieren. Puh! Den Geruch finde ich ekelig.

Bundespräsident Frank-Walter Steinmeier, hält eine Rede an die Nation.

Das macht er sonst nur zu Weihnachten und Neujahr. Er bedankt sich bei der Bevölkerung für ihre Disziplin und Ausdauer und bittet um Verständnis und Durchhaltevermögen. Nur so könne die Krise bewältigt werden.

Der hat gut reden. Der sitzt in seinem herrlichen Schloss Bellevue, er muss keine quengelnden Kinder betreuen, ist nicht mutterseelenallein und muss sicher nicht in der Schlange stehen beim Einkaufen.

Viele Eltern sind schon jetzt überfordert.

Ostermontag, der 13.April 2020.
Die Zahl der Toten durch das Corona-Virus steigt in Deutschland auf 3000. Allein in NRW sind schon 545 Menschen daran gestorben.

Eine graue Wolkenschicht legt sich über das Land und lähmt alle Aktivitäten. Die Temperaturen sind fast zehn Grad niedriger als am Vortag. Ein guter Tag für Ruhe, Geduld und Zuversicht. Ich verbringe zum ersten Mal seit vielen Jahren Ostern alleine, ohne meine Enkel, ohne meine Kinder. Es gibt keine Eiersuche im Garten, keinen Kuchen am Nachmittag. Und dabei habe ich mich so darauf gefreut. Aber ich darf ja immer noch keinen Besuch empfangen. Diese Einsamkeit ist sehr gewöhnungsbedürftig. Zum Glück kann ich mich gut mit mir beschäftigen, aber ich kenne Menschen, denen schon jetzt die Decke auf den Kopf fällt. Ihnen fehlt ein tägliches Programm außerhalb ihrer vier Wände.

Erst am Mittwoch will die Regierung entscheiden, ob es eine Lockerung der Sanktionen geben kann. Ein Hoffnungsschimmer für alle Berufstätigen, Eltern und Arbeitgeber. Eine weitere Geduldsprobe für Senioren und Risikogruppen. Die sollen weiterhin isoliert bleiben. Das betrifft auch mich.

```
Donald Trump trifft eine historische
Entscheidung. Er ruft in allen 50
Staaten gleichzeitig den Notstand aus.
```

Das hat es noch nie gegeben. Viele Amerikaner können sich eine medizinische Behandlung nicht leisten, denn sie haben keine Krankenversicherung. Lediglich ein Corona-Test ist für alle kostenlos, nicht so die Behandlung bei einem positiven Testergebnis. Viele Tausend Dollars müssen vor einer Behandlung auf den Tisch gelegt werden. Donald Trump hat die Gesundheitsreform von Barack Obama direkt nach seinem Amtseinstieg wieder abgeschafft. Nur wenige Amerikaner können sich eine Krankenversicherung leisten. Die Dunkelziffer der angegebenen Infektionszahlen ist deshalb riesig. Ich möchte nicht wissen, wie viele Kranke sich gar nicht zum Arzt trauen, weil sie ihn nicht bezahlen können.

Dienstag, der 14.April 2020.
Eine Gruppe von 26 Professoren des Landes aus unterschiedlichen Fachrichtungen hat eine Studie entwickelt (Leopoldina-Studie), die der Regierung empfehlen soll, wie ein Lockdown aussehen könnte.

Also ein Zurück zur Normalität. Morgen wissen wir mehr. In der Zwischenzeit entwickelt sich der Präsident der Vereinigten Staaten zum Allmächtigen, Herrscher der Welt und aller Entscheidungen. Er stoppt die Beitragszahlungen an die Weltgesundheitsorganisation, weil er sie verantwortlich für die vielen Toten macht. Hilfsschecks, die an Millionen Amerikaner ausgestellt werden, sollen mit dem Aufdruck ´Donald Trump´ versehen werden. Damit auch jeder sieht, wer der edle Spender ist. Er macht aus der Pandemie einen Wahlkampf. Was für ein Präsident!

Mittwoch, der 15.April 2020.
Weltweit gibt es nun zwei Millionen Corona-Infizierte.
Die Bundesregierung hat mit den Länderchefs besprochen, dass es ab Montag, den 20.April eine leichte Lockerung der Maßnahmen geben soll.

Einzelhändler sollen unter strengen Hygienemaßnahmen ihre Geschäfte wieder öffnen dürfen, wenn ihr Laden die Größe von 800qm nicht überschreitet.

Die ersten Schüler dürfen wieder in die Schule gehen. Jedoch nur die Abiturienten und Abschlussklassen von Haupt- und Realschule. Grundschulen und Kitas bleiben vorerst geschlossen. Die Bevölkerung wird eindringlich gebeten, beim Einkauf Atemschutzmasken zu tragen. In 14 Tagen wird sich die Regierung erneut mit den Virologen zusammensetzen und beraten, welche Schritte dann einzuleiten sind.

Donnerstag, der 16.April 2020.
In New York erhöht sich die Zahl der Toten auf 10.000.

Viele New Yorker sind entweder zu Hause gestorben, ohne sich testen zu lassen, oder sie sind in der Notaufnahme in den Krankenhäusern gestorben. Das ist echt eine Katastrophe.

Ich werde heute das erste Mal testen, wie es ist, mit einer selbstgenähten Atemschutzmaske einkaufen zu gehen. Bislang habe ich mich davor gedrückt.

Meine Erfahrung: es fühlt sich blöd an. Ich habe das Gefühl, dass mich alle Angestellten im Laden und an der Kasse belächeln oder hinter meinem Rücken tuscheln, weil ich so übervorsichtig bin oder so dämlich aussehe. Dabei habe ich mir solche Mühe beim Nähen gegeben. Hellblau-weiß-karierter Baumwollstoff, am oberen Rand sogar mit einem Metallstreifen versehen, damit der Nasenbereich gut abgeschlossen ist. Egal, ich lasse sie reden. Frau Merkel und alle anderen Experten wollen es so. Vielleicht fühle ich mich morgen schon besser beim Tragen der Maske.

Seit ein paar Tagen ist meine Tochter zum zweiten Mal in Quarantäne geschickt worden. Ich hab´s geahnt. Wieder ein infizierter Patient, der ihr in hohem Bogen auf die Arme gekotzt hat. Das ist mehr als nur Aerosol. Diesmal reagiert das Gesundheitsamt anders. Meine Tochter wird mehrfach am Tag vom Gesundheitsamt angerufen, die sich vergewissern wollen, ob die Quarantäne eingehalten wird. Das Ordnungsamt klingelt an ihrer Tür und schaut nach. Zusätzlich hat das Ordnungsamt ihr einen Quarantänebescheid und ein ´Symptomtagebuch´ ausgehändigt.

So sieht es aus, wenn man in Quarantäne gehen muss. Der/die Betroffene erhält einen Brief vom Kreisgesundheitsamt mit folgendem Inhalt:

Es ergeht folgende Ordnungsverfügung:

Die häusliche Quarantäne beinhaltet im Einzelnen:

1. *Das Haus/die Wohnung nicht zu verlassen.*
2. *Der Kontakt zu anderen Personen ist zu vermeiden.*
3. *Sich selbst hinsichtlich des Auftretens der Symptome Fieber, Husten, Schnupfen, verstopfter Nase, Halsschmerzen und schwerem Krankheitsgefühl zu beobachten.*
4. *Zweimal täglich Ihre Körpertemperatur zu messen (morgens und abends) und täglich ein Tagebuch zu Symptomen und der Körpertemperatur zu erstellen.*
5. *Durchführung einer sorgfältigen Händehygiene (häufiges Händewaschen)*

Ich weise Sie darauf hin, dass bei Nichtbefolgung dieser Anordnungen Verstöße nach §§73 ff des Infektionsschutzgesetzes mit einer Freiheitsstrafe oder mit einer Geldstrafe bis zu 25.000,00Euro geahndet werden können.

Wer will das schon?

Vor vier Wochen sah das noch ganz anders aus. Kein Bescheid, keine Kontrollen. Im Gegenteil. Nach einem einmaligen Test durfte, beziehungsweise musste sie wieder im Krankenhaus arbeiten. Jetzt können wir uns immer noch nicht treffen. Wann hat das endlich ein Ende?

Freitag, der 17.April 2020.

4000 Tote in Deutschland. Davon 726 Tote
in Nordrhein-Westfalen.
Die Reproduktionszahl sinkt auf 0,7.
Das ist ein sehr guter Wert, sagen die
Virologen.

Zehn Infizierte stecken nur noch sieben weitere
Menschen an. Vor zwei Wochen lag diese Zahl noch
bei 4. Unsere Ärzte wird es freuen, denn so wird es
nicht zu so schlimmen Zuständen in den
Krankenhäusern wie in Großbritannien oder den
USA kommen. Auch in Spanien wütet das Corona-
Virus.

Die Bundesregierung startet die größte
Rückholaktion ihrer Geschichte.

240.000 gestrandete Touristen werden aus der
ganzen Welt nach Deutschland zurückgeholt. Das
kostet die Bundesregierung mehr als 50 Millionen
Euro. Sie hat etliche Flugzeuge gechartert. Alle
Zurückgeholten müssen in eine zweiwöchige
Quarantäne. Der Außenminister betont allerdings,
dass so eine Aktion einmalig bleibe. Noch einmal
würden Deutsche nicht mehr aus dem Urlaub
zurückgeholt. Das kann ich gut verstehen. Ich habe
keine Ahnung, wo das ganze Geld herkommt.

Die Eltern bekommen den Bescheid, dass es für die Grundschulkinder keinen Unterricht in der Schule und keine Betreuung in der Kita bis zu den Sommerferien 2020 mehr geben wird.

Die Eltern müssen weiterhin die Lehrerrolle übernehmen. Ich bin gespannt, wie sich das auf die Leistung der Schüler auswirkt, wenn die Eltern den Lernstoff vermitteln.

Ich glaube, es geht ganz vielen Menschen beim Einkaufen ähnlich wie mir. Sie fühlen sich auch bescheuert, wenn sie eine Atemschutzmaske tragen. Im Supermarkt um die Ecke hat kaum jemand eine Maske auf. Dafür wickelt sich die Warteschlange vor der Fleischtheke einmal um die ganzen Regale bis zum Ende der Ladenfläche. Die 1,50m vorgeschriebene Abstandslänge wird täglich kürzer. Heute waren es vielleicht 90 Zentimeter. Es gibt immer noch Hamsterkäufe. Die Regale sind immer noch leer bei Nudeln und Mehl. Hefe gibt es auch nicht mehr. Heute früh ist eine Lieferung mit Klopapier angekommen. So etwas spricht sich ganz schnell herum, dank Facebook und Co. Im Nu füllt sich der Parkplatz vor dem Supermarkt mit kaufwütigen Kunden.

Ich habe zum Glück ein Bidet zuhause. Für den Fall, dass mir das Papier ausgeht.

Ich reiße mich zusammen und setze kurz vor dem Eingang des Geschäftes meine Maske auf, renne so schnell es geht zu den Sachen, die ich benötige, und stelle mich in Windeseile an der Kasse in die Warteschlange. Aber spätestens hier dauert es eine gefühlte Ewigkeit bis ich bezahlen kann. Von allen Seiten kommen Kommentare zur momentanen Krise. Ich kann es nicht mehr hören. Stückchen für Stückchen geht es vorwärts im Schneckentempo. Unter der Maske wird die Luft immer knapper und wärmer. Vielleicht habe ich doch nicht den richtigen Stoff gewählt oder ich hätte ihn nicht doppelt legen müssen? Endlich kann ich bezahlen und komme raus an die frische Luft. Sofort nehme ich die Maske ab. Luft.

Die armen Ärztinnen und Ärzte, Pflegerinnen und Pfleger, die den ganzen Tag mit noch viel dichteren Schutzmasken ihren Dienst machen müssen. Kittel, Visiere, Masken, bestimmt nicht atmungsaktiv. Die beneide ich nicht.

Montag, der 20.April 2020.
Ab heute werden die Schulen hergerichtet, um ein Lernen möglich zu machen. Waschmöglichkeiten, Seife und

Desinfektionsmittel   etc.   müssen
sichergestellt werden. Auch genügend
Platz, um sich nicht zu nahe zu kommen.
Die   Abstandsregel   von   1,50m   muss
eingehalten   werden.   Am   Donnerstag
sollen   die   ersten   Schulkinder   wieder
Unterricht bekommen.

Noch vor drei Tagen sah das ganz anders aus. Da hieß
es, dass die Grundschüler bis zu den Sommerferien
keinen Unterricht mehr bekommen können. Und
jetzt? Vor der Grundschule stehen ab heute wieder
die Autos der Lehrkräfte. Wahrscheinlich müssen
alle helfen, ihre Schule herzurichten.
Ich gewöhne mir wieder an, das Radio tagsüber
laufen   zu   lassen.   Es   werden   so   schnell
Veränderungen angekündigt, da kommt so manch
einer gar nicht mehr hinterher. Zum Beispiel auch
das:

Geschäfte   wie   Buchläden,   Kfz-Händler
und   Fahrradhändler   dürfen   ihre   Tore
wieder öffnen.

Natürlich gibt es bei allen anderen Ladenbesitzern
ein großes Gemaule. Warum der, warum nicht ich?
Die   einzelnen   Bundesländer   sind   dafür
verantwortlich und lassen sich immer häufiger auf

unterschiedliche Deals ein. So gibt es Sonderregelungen und Zugeständnisse wohin man blickt. Wenn das mal gut geht! In 10-14 Tagen wird es sich zeigen.

Ich beobachte am Nachmittag bei meinem täglichen Spaziergang durch Wald und Wiesen, wie viele kleine Gruppen unterwegs sind mit ihren Kindern. Viel mehr als noch vor einer Woche. An jeder Ecke werden Quätschchen gehalten und Diskussionen geführt. Alles in allem habe ich den Wald nicht mehr für mich alleine so wie in den letzten Tagen und Wochen. Da ging man sich aus dem Weg, wollte keinem begegnen, wechselte sogar die Straßenseite, wenn jemand entgegenkam.

Gleiches Bild am Parkplatz vor dem Baumarkt. Hier finde ich kaum einen Parkplatz- so voll ist es. Sofort setze ich meine Gesichtsmaske auf. Am Eingang wird mir der desinfizierte und abgezählte Einkaufswagen mitgegeben. Ohne die darf man nicht in das Geschäft. So soll gewährleistet werden, dass man Abstand hält. Drinnen knubbeln sich etliche Kunden, fast alle ohne Atemschutzmaske. Das hätte ich nicht gedacht. Ein kleines Mädchen, das im Einkaufswagen sitzt, zählt alle Kunden mit Maske. Es hat nicht viel zu tun. Am Abend kann man es im Fernsehen verfolgen, wie viel Betrieb wieder vor und in den Geschäften herrscht. Ich beschließe, nicht mehr in den Baumarkt zu gehen. Das ist mir zu brenzlig.

Ich finde, es muss eine Maskenpflicht angeordnet werden, sonst endet die Pandemie in einer Katastrophe. Empfehlungen reichen nicht aus. Das sieht man ja. Ich finde die Masken zwar blöd, aber sie bieten Schutz.

Dienstag, der 21.April 2020.
Die Reproduktionszahl steigt wieder auf 0,9 an.

Das ist schlecht! Wir waren bereits bei 0,7. Wenn wir nicht aufpassen, wird es bald eine zweite Infektionswelle geben. Vor zehn Tagen war Karsamstag. Ein Tag, an dem die Supermärkte an ihre Grenzen stießen. So voll war es noch nie. Vielleicht haben sich da ganz viele infiziert?!

Dann gibt es auf einmal noch ein Problem. Die Rohölpreise. Wohin mit dem ganzen Öl, wenn der Verbrauch weltweit auf ein Minimum reduziert wird? Es wird bereits Geld oben draufgelegt, wenn man Öl abkauft. Verrückt. Ich habe leider keine Tanks, in denen ich Öl bunkern könnte. Aber ich kenne einige, die es gebrauchen könnten. Vielleicht gebe ich denen mal einen Tipp. Ich weiß nur nicht, ob es Heizöl ist. Aber das lässt sich herausfinden.

Mittwoch, der 22.April 2020.
Innerhalb von vier Wochen hat es in
Deutschland 4800 Tote gegeben. Und die
Zahl der Infektionen steigt weiter an.
148.000 Corona-Kranke sind in
Deutschland registriert. Die Zahl der
Toten hat die Marke von 5.000
überschritten.

Ich glaube, es ist an der Zeit, dass im Fernsehen mal
wieder abschreckende Bilder von Intensivstationen
oder Leichenhallen gezeigt werden. Vielleicht bringt
das die Menschen zur Vernunft. Denn viele verhalten
sich mittlerweile in den Geschäften oder auf der
Straße so, als gäbe es keine Krise. In den Parks wird
gegrillt mit zu vielen Menschen. Das Ordnungsamt
muss ständig eingreifen.

Um 12 Uhr gibt es eine Pressekonferenz
im Landtag von NRW. Nordrhein-Westfalen
führt nun doch eine Maskenpflicht ein,
und zwar ab Montag.
Sowohl im öffentlichen Nahverkehr als auch beim
Einkauf muss nun eine Atemschutzmaske getragen
werden. Wenn nicht, drohen Geldstrafen. Es genügt
aber eine selbstgenähte Maske aus Baumwolle oder
notfalls auch ein Schal, den man sich über den Mund
und die Nase hält. Jetzt gibt es nur noch ein

Bundesland, in dem es keine Maskenpflicht gibt. Bremen. Am Abend schließt sich Bremen doch noch an. Der Druck der anderen Bundesländer ist zu groß.

Donnerstag, der 23.April 2020.
Heute ist der 1.Schultag in NRW für etwa 148.000 Schüler von weiterführenden Schulen bzw. Abschlussklassen. Schon jetzt steht fest, dass kein Schüler sitzenbleiben muss.

Alle werden in die nächsthöhere Klasse versetzt, egal wie wenig sie in diesem Schuljahr gelernt haben. Da wird sich so manch ein Schüler freuen. Überfüllte Schulbusse, die es sonst täglich gibt, sehe ich keine. Wahrscheinlich werden die Kinder im Elterntaxi zur Schule gefahren.

Freitag, der 24.April 2020.
5.575 Tote in Deutschland. Davon 1.052 Tote in NRW. Die Zahl der Infizierten in NRW liegt bei 31.106.

Von einer Entspannung der Lage kann keine Rede sein.
Der Frühling entwickelt sich so langsam zu einem Frühsommer.

Seit einigen Wochen schon gibt es keinen Regen mehr. Die ersten Waldbrände rund um Gummersbach und Niederkrüchten werden gemeldet. Es ist viel zu trocken. So wie im letzten Jahr und dem Jahr davor.
Ein Blaumeisen-Sterben lässt die Ornithologen aufschrecken. Eine mysteriöse Lungenentzündung ist ihr Todesurteil. Ob sie auch vom Coronavirus infiziert worden sind? Nein. Wissenschaftler haben den Grund herausgefunden. Es ist das Bakterium ´Suttonella ornithocola´. Als hätten wir nicht schon genug Probleme.
Was ist das bloß für ein Jahr?

Donald Trump schlägt vor, UV-Licht in den Körper zu bringen oder Desinfektionsmittel zu injizieren. Das würde das Virus mit Sicherheit vernichten.

Die Virologen schlagen die Hände über den Köpfen zusammen. Schon nach wenigen Stunden beruhigt Trump die wütende Presse. *Er hätte nur herausfinden wollen, wie die Presse auf seine Idee reagieren würde.*
Zu spät. Es gibt bereits einen Toten, der eine Injektion mit Desinfektionsmittel ausprobiert hat und daran gestorben ist. Was ist das nur für ein Präsident?

Eigentlich sind erst sechs Wochen vergangen, seit das Virus unser Leben auf den Kopf gestellt hat. Bereits nach sechs Wochen ist nichts mehr so, wie es einmal war. Kleine Kinder und alte und kranke Menschen verstehen gar nicht, was um sie herum passiert. Warum dürfen sie nicht mehr mit ihren Freunden spielen? Warum besucht mich keiner mehr? Und langsam breitet sich auch unter den gesunden Erwachsenen eine Hilflosigkeit und Verzweiflung aus. Ich spreche immer öfter mit Menschen, die eine große Angst vor der Zukunft haben. Das sind Menschen, denen ich diese Ängste gar nicht zugetraut hätte. Optimismus macht einer Ratlosigkeit Platz. Wird es je wieder so sein wie vorher? Wissenschaftler und Politiker sagen Nein.

Für Wissenschaftler ist immer noch nicht geklärt, wie sich das Virus verbreiten konnte und wo es den Ursprung findet. Bisher galt das Schuppentier als Quelle des Virus, die Fledermaus als Wirt, der Wildtiermarkt als Übertragungsort. Der Virologe Christian Drosten hat da so seine Zweifel. Er vermutet, dass das Coronavirus-SARS-CoV-2 in Schleichkatzen und Marderhunden vorkommt. Marderhunde werden in China in großem Umfang wegen ihres weichen Fells gezüchtet und verkauft. Es wird schwierig, in China eine Studie dazu zu erstellen

und dies nachzuweisen, da China keine Tests zulässt.
Im Gegenteil.

Die chinesische Regierung versucht
Einfluss auf die internationale
Berichterstattung zu nehmen. Sie
manipuliert heimlich deutsche Beamte.
Sie sollen nur Positives von China
berichten.
Montag, der 27.April 2020. Heute wird
wohl die 3 Millionen Marke erreicht. So
viele Menschen haben sich bereits mit
dem Virus infiziert. 207.000 Menschen
weltweit sind bis heute daran
gestorben.

Es sind erst zwei Unterrichtstage vergangen, an
denen die Abiturienten und andere Abschlussklassen
wieder in die Schule bzw. zu ihren Prüfungen in die
Schule können. Da kommt die Meldung, dass das
Norbert-Gymnasium in Dormagen-Knechtsteden
wieder geschlossen werden muss. In der Familie
einer Schülerin hat es einen Corona-Erkrankten
gegeben. Der Unterricht muss für alle wieder
ausfallen. Lediglich eine Notbetreuung bleibt
bestehen. Die Abiturvorbereitungen werden ab sofort
in digitaler Form durchgeführt.

Und wie klappt es mit der Maskenpflicht? Es geht so. Viele Menschen führen zwar einen Mundschutz mit sich, aber oft nur in der Handtasche. Oder sie vergessen ihn zu Hause. Spätestens am Eingang der Geschäfte werden sie abgewiesen. In den Apotheken ist derweil Hochbetrieb. Alle wollen sich noch eine Atemschutzmaske ergattern, besser noch eine ganze Kiste voll. Aber das hat seinen Preis. Zwischen 15€ und 20€ kosten 20 Masken im Internet. In der Apotheke muss man noch tiefer in die Tasche greifen. Auch ich habe ein Problem mit den blöden Atemmasken. Erstens bekomme ich kaum Luft, was schnell zu leichtem Schwindel führt. Dann muss ich kurz die Maske lüften. Und zweitens, aber das ist eher ein kosmetisches Dilemma, mein Makeup und mein Lippenstift sind nach dem Tragen verschmiert oder ganz verschwunden. Dafür ist meine Maske von innen gefärbt in rosa und cremefarben. Ach, wir Frauen! Was für Probleme.

Mittwoch, der 29.April 2020. Die Zahl der Infektionen steigt wieder an. Ebenso die Reproduktionszahl. Sie liegt jetzt wieder bei 1,0.

Vor neun Tagen durften die ersten Geschäfte ihre Tore öffnen. Ob das der Grund für den Anstieg der

Infektionszahlen ist? Viele Menschen strömten in die Städte, um ihre ersten Einkäufe machen zu können. Wäsche, Schuhe, Elektroartikel.

Wir müssen vorsichtiger sein. Es hilft ja nichts.

Heute habe ich einen Termin beim Hals-Nasen-Ohrenarzt. Ich denke, es wird kaum jemand im Wartezimmer sitzen. Es ist keine Erkältungszeit, und auch die Mandeloperationen sind sicher wegen Corona verschoben worden. Aber da habe ich mich gründlich getäuscht. Rappelvoll ist es bereits um 9 Uhr. Im Wartezimmer, wo ich Platz nehmen soll, stehen 16 Stühle. Jeder zweite ist belegt. Aber es kommen minütlich neue Patienten in die Praxis. Die Lücken im Wartezimmer werden immer kleiner. Fast jeder Stuhl ist schon besetzt. Die ersten Patienten stellen sich in den Empfangsbereich. Wer jetzt erst in die Praxis kommt, wird von den Angestellten nach draußen geschickt für mindestens eine halbe Stunde. Das hätte ich nicht gedacht. Ein ungutes Gefühl beschleicht mich. Hier in der Arztpraxis ist die Ansteckungsgefahr am größten. Zum Glück haben alle eine Atemschutzmaske auf. Trotz eines Termins warte ich jetzt schon mehr als 40 Minuten. Die Luft unter dem Stoff wird immer wärmer und unangenehmer. Warum dauert das denn so lange? Wird nach jedem Patienten das Untersuchungszimmer desinfiziert? Nein. Das nicht.

Endlich bin ich an der Reihe. Es geht fix. Nach fünf Minuten bin ich fertig. Kein Handschlag, nur ein Kopfnicken, und ich kann gehen. Luft! Den nächsten Arztbesuch werde ich mir gründlich überlegen.

Donnerstag, der 30.April 2020.
Heute treffen sich die Länderchefs und die Bundeskanzlerin, um weitere Schritte zur Lockerung der Vorschriften zu besprechen. Ergebnis am Abend: schon bald sollen Spielplätze, Zoos, Museen und Kirchen wieder geöffnet werden. Die weltweite Reisewarnung wird vorerst verlängert bis zum 14.Juni 2020.

Ich storniere meinen geplanten Urlaub, den ich in Österreich machen wollte. Mit Atemschutzmaske durch eine fremde Stadt laufen, in der vielleicht noch alle Restaurants geschlossen sind, das macht wirklich keinen Spaß. Außerdem holt mich die Bundesregierung nicht zurück, falls es brenzlig wird und die Grenzen wieder geschlossen werden müssen. Es ist schade, aber ich kann die Reise ja nachholen. Heute Abend werden die Maibäume aufgestellt. Diesmal von den Mädels wegen des Schaltjahres. Der Tanz in den Mai wird allerdings überall abgesagt. Wie traurig.

Heute ist ein Feiertag, Tag der Arbeit. Aber es gibt keine Maikundgebungen, sondern nur ein paar wenige Demonstrationen. Das meiste findet digital statt. Es hat sich sowieso in den letzten Wochen im Hinblick auf die Wertschätzung der Arbeit etwas verändert. Es gibt systemrelevante Berufe und Berufe, auf die notfalls verzichtet werden kann. Das entscheidet jedes Bundesland für sich.

In Nordrhein-Westfalen sind folgende Berufe systemrelevant:

Ärzte und Ärztinnen, Pflegepersonal, Apotheker, Hersteller von Hygieneprodukten und Medikamenten, Supermarktpersonal, LKW-Fahrer, Logistikunternehmer, Paketzusteller, Müllabfuhr, Steuerberater, Polizisten, Rundfunk, Fernsehen, Strom- und Wasserversorger, Mitarbeiter von Bus und Bahn, Telekommunikationsmitarbeiter und Hausmeister in systemrelevanten Gebäuden.

Nicht systemrelevant sind:

Frisöre, Buchhändler, Textilbranche, Fitness-Studios, Museen, Zoos, Automobilbranche, Restaurants und Cafés, Schulen und Kitas. Selbst Gottesdienste dürfen nicht gefeiert werden.

Täglich gibt es aber seit dieser Woche immer mehr Ausnahmen.

Ich kann mir gut vorstellen, dass es viele Menschen gibt, die ein Problem damit haben, dass ihr Beruf in

Krisenzeiten überflüssig erscheint. Warum darf der arbeiten, warum ich nicht? Bin ich in der Gesellschaft nichts wert?

Samstag, der 2.Mai 2020.
Innerhalb der letzten Woche sind in Deutschland 1.200 Menschen an Covid-19 gestorben. Allein in NRW sind es über 200 Menschen.

200 Tote in nur einer Woche!
Wir müssen also wirklich vorsichtig sein, wenn ab Montag fast alles wieder geöffnet wird. Ich glaube, nur Freizeitparks bleiben noch dicht und Kitas und Schulen. Aber darüber wird in der kommenden Woche noch diskutiert. Vor den Ikea-Filialen herrscht Hochbetrieb. Staus über Staus, sowohl auf den Parkplätzen, als auch vor den Eingängen. Kallax-Regale, PAX-Schränke und Kissen, Spiegel und Teelichter werden im Auto verstaut. Das Wochenende ist gerettet mit Aufbau und Dekorieren.

US-Behörden erlauben den Einsatz des Medikaments ´Remdesivir´.

Dies ist ein Medikament, das eigentlich zur Bekämpfung von Ebola entwickelt wurde, das anscheinend aber auch bei Covid-19 helfen soll. Die

Genesung solle sich um mehrere Tage verkürzen, so sagt man. ´Remdesivir´ ist als Medikament allerdings noch nicht zugelassen worden. Dieses Mittel dringt in Viren ein und verhindert ihre Vermehrung. Da es wahrscheinlich noch sehr lange dauern wird, bis ein Impfstoff gefunden wird, ist der Einsatz dieses Medikaments zur Bekämpfung der Pandemie die einzige Hoffnung auf eine Unterstützung der Therapien, um den Schwerstkranken zu helfen.

Sonntag, der 3.Mai 2020.
Seit Beginn der Pandemie gibt es in NRW 1.268 Tote. Deutschland steht bei der Zahl der Infizierten weltweit auf Platz 5.

Die meisten Kranken gibt es in den USA, dann folgen Spanien, Italien und Großbritannien.
Trotzdem soll es ab morgen so viel Normalität wie möglich und so viel Schutz wie nötig geben, sagt Bundesgesundheitsminister Jens Spahn.

Heute dürfen die ersten Gottesdienste in der Kirche wieder stattfinden, unter Einhaltung der Hygienevorschriften.

Statt Weihwasser steht jetzt Desinfektionsmittel am Eingang. Virologen haben herausgefunden, dass es in

Weihwasserbecken nur so wimmelt vor Bakterien und Viren. Ist ja klar. Jeder, der sich bekreuzigt, taucht seine Finger ins Weihwasser. Es gibt sogar Irre, die ein Weihwasserbecken zum Urinieren benutzen, andere waschen sich in einem unbeobachteten Augenblick die Haare darin. Ekelig. Jetzt also Desinfektionsmittel. Gesungen werden darf auch nicht. Wegen der Tröpfcheninfektion. Und, man soll sich sein eigenes Gesangsbuch von zuhause mitbringen. Aber warum, wenn doch gar nicht gesungen werden darf? Überall sind Absperrbänder, Markierungen auf dem Boden, Hinweise zu den Hygienevorschriften, Plexiglasscheiben, die den Pastor vor der Gemeinde schützen soll, oder umgekehrt. Der liebe Gott kann nicht helfen, auch nicht in einer Kirche. Er hat andere Aufgaben. Doch die meisten Gläubigen finden, dass dies alles besser sei, als gar keinen Gottesdienst mehr besuchen zu dürfen. Der Papst hat immer noch keine Zuschauer auf dem Petersplatz. Er winkt trotzdem vom Balkon des Petersdoms herunter. Vielleicht hat er die Kamerateams aus aller Welt entdeckt.

Am Abend kommen positive Nachrichten vom RKI:

Die Infektionszahlen sinken. Es infizieren sich nur noch 705 Menschen täglich neu mit dem Coronavirus.

Montag, der 4.Mai 2020.
Heute dürfen die Frisörsalons wieder öffnen.

Endlich, werden viele denken. Nach sieben Wochen Pause. Natürlich hänge ich auch am Telefon, um mir einen Termin geben zu lassen. Ich war seit meinem Urlaub in Prag nicht mehr da. Ich sehe aus wie ein zerrupftes Huhn. Aber damit bin ich nicht alleine. Jetzt sieht man erst, wer alles seine Haare gefärbt hat. Denn es erscheinen überall die grauen Haaransätze. Die sind mittlerweile so breit, dass man sie nicht mehr leugnen kann. Da hilft nur noch eins: Mütze tragen. Ich bin in der Warteschleife des Salons. Nach 5 Minuten hat endlich jemand Zeit für mich. Ich bekomme meinen Termin: in 14 Tagen frühestens komme ich dran. Im Hintergrund höre ich etliche Stimmen. Der Salon ist wahrscheinlich voll mit Kundschaft. Es gibt Frisöre, die auf das Haarewaschen verzichten wegen der Abstandsregel. Mein Frisör hält sich da aber nicht dran. Ich kann mit dreckigen, fettigen Haaren kommen. Das mache ich natürlich nicht. Ich gehe gleich mal gucken, was da los ist.
Ich bin sprachlos. So voll ist der Salon noch nie gewesen. Jeder Stuhl ist belegt. Ich sehe fremdes Personal an den Waschbecken. Selbst der Chef, der

sich schon aus Altersgründen vor Monaten zurückgezogen hat, steht wieder im Laden und bedient seine alten Stammkunden.

Dienstag, der 05.Mai 2020.
Die Infektionszahlen sinken zum Glück.

Heute möchte ich eine Zwischenbilanz ziehen und zwar für meinen Wohnort Dormagen, im Rhein-Kreis Neuss. Das heutige Datum, 5.5.2020, hat mich dazu inspiriert. Am 3.3.2020 hat es im Rhein-Kreis Neuss mit der ersten Corona-Infektion begonnen. Ich bin gespannt, was die Zahlen sagen und wie sich das Virus ausbreitet.

Entwicklung der Corona-Infektionen:

Datum	Infektionen im Rhein-Kreis Neuss	Davon in Dormagen
03.3.2020	1	0
16.3.2020	44	1
18.3.2020	50	1
26.3.2020	256	42
03.5.2020	522	20
04.5.2020	619	21
05.5.2020	626	21

Wie groß ist die Wahrscheinlichkeit, dass ich einem Infizierten auf der Straße begegne? Ich bin erleichtert, dass es in Dormagen nicht allzu viele Kranke gibt. 21 Kranke verteilen sich auf eine ganze Stadt.

Ich kenne zum Glück keinen in meinem Umfeld, der sich infiziert hat, aber allein die Tatsache, dass meine Tochter zweimal kurz vor einer Ansteckung stand, macht die Situation für mich brenzlig. Ich bleibe auf der Hut und meide große Menschenansammlungen. Zuhause ist es doch auch schön.

Heute ist wieder ein Tag für Entscheidungen. Angela Merkel ruft alle Minister zu einer Videokonferenz zusammen. Es soll beraten werden, wie es mit weiteren Lockerungen vorangehen kann. Um 11 Uhr geht die Konferenz los. Am späten Nachmittag werden die Ergebnisse bekannt gegeben. Ich sitze gespannt vor dem Fernseher. NRW macht Druck. Minister Laschet will so viel wie möglich wieder öffnen. Dazu zählen Spielplätze, Zoos, Botanische Gärten, Autokinos.

Mittwoch, der 06.Mai 2020.
Jedes Bundesland entscheidet für sich, inwieweit es Öffnungen gibt.

Ich habe das Gefühl, dass ab morgen wieder alles so ist, wie vor der Pandemie. Das macht mir Kopfzerbrechen und ein wenig Angst. Ich kann nur für mich selbst entscheiden, wie ich mit der Situation umgehen werde. Vorsichtshalber bleibe ich so viel wie möglich zuhause. Das Virus ist schlau. Schlauer als wir.

Donnerstag, der 07.Mai 2020.
Ab heute dürfen die Spielplätze in NRW wieder genutzt werden. Ebenso dürfen der Breiten- und Freizeitsport wieder ausgeübt werden. Alle anderen Lockerungen gelten ab dem 11.Mai.

Jedoch darf man nur Sport an der frischen Luft machen, nicht in der Halle. Das gilt nicht für den Reitsport. Der darf auch in einer Reithalle stattfinden. Heute dürfen bzw. müssen die Viertklässler wieder in die Schule. Sie müssen auf den Schulwechsel vorbereitet werden.
Großveranstaltungen, Bars, Clubs, Bordelle und Diskotheken bleiben bis auf weiteres geschlossen. Das wird wohl auch noch für die nächsten Wochen oder Monate so bleiben.

Von der Bundesregierung gibt es eine verbindliche Vorgabe für die

Landesminister: sobald es mehr als 50 Neuinfektionen pro 100.000 Einwohnern binnen einer Woche gibt, müssen wieder neue Beschränkungen eingeführt werden.

Am Abend gibt es bereits eine Kreisstadt in NRW, in der dieser Fall eintrifft. Kreis Coesfeld. In Thüringen gibt es auch einen Landkreis Greitz. Aber was geschieht jetzt? Man könnte meinen, dass es wieder ein Ausgangsverbot oder Kontaktverbote gibt oder dass die Geschäfte wieder schließen müssen. Ja denkste! Nichts von dem geschieht. Angeblich ist der Ort der Neuinfektionen, ein Schlachthof, so abgeschirmt und in Quarantäne versetzt worden, dass das Virus keine Gefahr für die umliegenden Regionen darstellt. Das kann ich mir nicht vorstellen. Es gibt allein in diesem fleischverarbeitenden Betrieb 129 Fälle von Erkrankten.

Freitag, der 08.Mai 2020. Auf Entscheidung des Gesundheitsministers von Nordrhein-Westfalen, Karl-Josef Laumann, muss der Schlachthof vorübergehend geschlossen werden.

Die Infektionszahlen im Kreis Coesfeld sind wieder gestiegen. Viele osteuropäische Arbeiter und Angestellte, meist aus Rumänien und Bulgarien, die

73

in Sammelunterkünften auf engem Raum leben, haben sich wegen mangelnder Hygienemaßnahmen angesteckt. Das bedeutet für den Landkreis, dass ab Montag die angekündigten Lockerungen um eine Woche verschoben werden müssen. Lediglich Schulen und Kitas dürfen wie geplant öffnen.

In Deutschland gibt es bis heute 169.000 Infektionsfälle und 7.400 Tote. In NRW sind es 34.250 Kranke und 1.372 Tote. Weltweit gibt es 4 Millionen Corona-Infektionen.

Heute ist Samstag. Floristen haben heute viel zu tun. Blumengeschäfte öffnen bereits um 8 Uhr. Warum? Morgen ist Muttertag. Und es gibt eine Überraschung für alle, die im Alten- oder Pflegeheim wohnen. Sie dürfen besucht werden!

Sonntag, der 10.Mai 2020, Muttertag. Heute dürfen zum ersten Mal seit Wochen Besuche in Alters- und Pflegeheimen gemacht werden.

Bitte keine Küsschen und Umarmungen! Die sind verboten. Es wird in einigen Alters- und Pflegeheimen eine Besucherbox oder Besucherhütte mit Virenschutz, Marke Eigenbau, gebaut und aufgestellt. Innen drin befindet sich ein Tisch und zwei Stühle. In der Mitte des Tisches trennt eine Plexiglasscheibe die Bewohner des Heims von den Besuchern. Auf dem Tisch steht auf beiden Seiten der Glasscheibe ein Telefon. So kann man sich mit seinem Gegenüber verständigen. Als Vorbild hat wahrscheinlich ein Besuchsraum im Gefängnis gedient. So, wie man es aus dem Fernsehen kennt. Nach jedem Besuch wird die Box desinfiziert. Das ist im Gefängnis anders, glaube ich. Aber der Aufwand lohnt sich. Alle haben glückliche Gesichter. Die Senioren und die Besucher. Man kann sich wieder in die Augen sehen.

Auch ich bekomme Besuch von meinen Kindern. Nein, nicht in einer Besucherbox. Bei mir zuhause. Und einen Strauß Blumen. Natürlich mit dem vorgeschriebenen Abstand und nur ganz kurz. Aber immerhin. Danke.

```
Die     Reproduktionszahl    ist    wieder
gestiegen und liegt jetzt bei dem Wert
1,1.
```

Am Mittwoch waren es noch 0,65. Vielleicht warten wir doch noch ein paar Tage oder Wochen mit den Besuchen bei den Eltern und Großeltern.

Seit bekannt ist, dass die Fußball-Bundesliga am kommenden Wochenende wieder ihren Betrieb aufnehmen will, kommen immer häufiger Meldungen von Vereinen, bei denen es infizierte Spieler gibt. Heute kommt die Nachricht aus Dresden. Jetzt müssen Trainer, Betreuer und Spieler in Quarantäne.

Montag, der 11.Mai 2020.
Heute dürfen alle Grundschulkinder, auch die I-Dötzchen, wieder unter Einhaltung der Hygienevorschriften in die Schule gehen.

Jedoch nur montags und freitags für zwei Stunden, da in kleinen Gruppen von sechs bis sieben Schülern unterrichtet wird.
Von 8-9.30 Uhr die 1.Gruppe, von 10-11.30 Uhr die 2.Gruppe, von 12-13.30 Uhr die 3.Gruppe.
So ist es jedenfalls geplant an der Grundschule in Dormagen. Vor dem Schulgebäude sind rotweiße Hütchen aufgestellt, um den Abstand von 1,50m zu markieren. Überall entdecke ich Kreidestriche auf dem Asphalt. So können die Kinder sehen, welchen Weg sie nehmen sollen. Händewaschen und Hände desinfizieren ist selbstverständlich.

Am Dienstag sind die Zweitklässler dran, am Mittwoch die Drittklässler usw. Ich bin gespannt, was mein Enkel von diesem ersten Tag zu berichten hat. Er gehört zu den Erstklässlern. Ich hätte nicht gedacht, dass die Schulkinder sich dermaßen auf den Schulbeginn freuen. Es ist ja doch ein Unterschied, ob die Eltern die Lehrerrolle übernehmen oder ob der Lernstoff alleine gelernt werden muss.

Ich stelle es mir auch schwierig vor, wenn 6-jährige Kinder eine Atemschutzmaske aufsetzen müssen. Aber mein Enkel zeigt mir, wie selbstverständlich er damit umgeht. In einer Butterbrotdose hat er seine Atemschutzmaske verstaut, damit sie hygienisch einwandfrei bleibe, sagt er. So ein schlaues Kerlchen. Seine Mitschüler haben ihre Mund-Nasenmaske häufig in ihren Jackentaschen zusammen geknüddelt. Nur in dem Klassenraum dürfen die Kinder die Masken absetzen.

Als ich dann die von der Mutter selbstgenähte Maske sehe, muss ich schmunzeln. Von außen sieht sie super aus. Piraten mit Wikingerschiff, Säbeln und einer schwarzen Augenklappe. Furchterregend. Innen die gesammelten Essensreste einer Woche. Auch furchterregend. Ketchup, Marmelade, Dreck vom Spielplatz, Spucke. Lecker. Eine gründliche Reinigung wäre nicht schlecht. Oder eine zweite Maske als Reserve. Sonst gibt es neben den Viren demnächst noch Pilze und Bakterien. Kinder, die jünger als sechs Jahre sind, brauchen keine Schutzmasken zu tragen. Das wäre auch zu viel verlangt von so kleinen Kindern.

Entwicklung der Infektionszahlen in Deutschland und NRW laut Robert-Koch-Institut:

Datum	NRW-Infektionen	Tote	Deutschland-Infektionen	Tote
13.3.2020	1.264	3	3.062	5
20.3.2020	5.734	6 +3	13.957	31
27.3.2020	11.523	72 +66	42.288	253
3.4.2020	18.557	178 +106	79.696	1.017
10.4.2020	24.499	446 +268	113.830	2.373
17.4.2020	28.607	726 +280	133.830	3.868
24.4.2020	31.110	1.052 +326	150.383	5.321
1.5.2020	33.043	1.261 +209	160.758	6.481
8.5.2020	34.504	1.397 +136	167.300	7.266
15.5.2020	35.967	1.493 +96	175.000	7.928

Samstag, der 16.Mai 2020.
Nach zwei Monaten Pause darf heute die
Fußball-Bundesliga wieder weiter gehen.

Endlich! Die Samstage sind gerettet. Ein Samstag ohne Fußball ist im Ruhrgebiet kein richtiger Samstag. Jedoch finden die Spiele ohne Zuschauer statt im Stadion. Geisterspiele. Das Knallerspiel ist das Revier-Derby Schalke gegen Dortmund. Im Vorfeld hat es schon einige Pannen gegeben. Die Hygienevorschriften wurden nicht eingehalten. Nicht nur bei den Spielern, sondern auch beim Trainer.

Ich verfolge die ersten Spiele vor dem Radio und wundere mich, wie viele Stimmen ich im Stadion höre. Es hallt, als wäre es ein Hallenturnier. Alles Zurufe vom Trainer, den Spielern und … Ja, wem denn? Wer ist denn sonst noch auf dem Platz? Es können ja eigentlich nur die Betreuer, der Mannschaftsarzt, der Mannschaftsbusfahrer und ein paar Ordnungshüter sein. Auf dem Spielfeld gibt es auch weniger spektakuläre Stürze oder Schwalben, wie man es sonst kennt, wenn das Stadion voller Zuschauer ist. Jetzt haben die Spieler ja keine Bühne für ihre schauspielerischen Talente. Das ist schon lustig. Lobenswert ist das Verhalten der Fans. Keiner belagert die Plätze vor dem Stadion, wie vorher befürchtet wurde. Alle halten sich an die Hygieneverordnungen.

Noch wichtiger als Fußball sind für viele Menschen die Lockerungen im Reiseverkehr.

Ab sofort werden die meisten Grenzen von und nach Deutschland wieder geöffnet. Wer aus dem Ausland nach Deutschland einreist, muss nicht mehr in 14-tägige Quarantäne.

Es sollten aber triftige Gründe für eine Grenzüberschreitung angegeben werden, wie z.B. die Arbeit nahe der Grenze, das Studium, ein Familien- oder Krankenbesuch oder ein Todesfall. Ein Urlaub, ein Einkauf oder das Tanken werden nicht akzeptiert. Soweit ist es noch nicht mit den Lockerungen. Lediglich die Grenzen nach Polen, nach Tschechien, nach Dänemark und Belgien bleiben dicht.

US-Präsident Donald Trump macht wieder Schlagzeilen. Seit etwa zehn Tagen nimmt er zur Vorbeugung vor einer Corona-Infektion ein Malaria-Medikament ein. Trump ist überzeugt davon, dass dieses Medikament ihn schützen wird. „Ein Geschenk Gottes", nennt Trump dieses Mittel. Mediziner bezweifeln dies stark. Vor allem die

Nebenwirkungen könnten lebensbedrohlich sein. Es könne zu Herzrhythmusstörungen kommen.
Soll er doch tun, was er nicht lassen kann. Er ist ja erwachsen.
Mal schauen, wie der liebe Gott das sieht?!

Dienstag, der 19.Mai 2020.
Die Todesfälle in den USA liegen heute bei über 90.000. Wenn die Zahl unter 100.000 bleibt, habe er, Donald Trump, einen guten Job gemacht.

Eine makabre Aussage. Trump macht sich damit wenig beliebt bei seinen Wählern. Wie kann man denn so eine Aussage machen?

Himmelfahrt,21.Mai2020.
Bollerwagentouren sind untersagt, genau wie Besäufnisse in der Öffentlichkeit. Wer erwischt wird, muss mit hohen Geldstrafen rechnen.

Ein strahlend schöner Frühsommertag. Es werden Temperaturen bis zu 29 Grad in NRW erwartet. Und das am Vatertag. Viele Fahrradfahrer sind heute unterwegs. Bollerwagen sehe ich keine und auch keine grölenden Besoffenen, die es am Vatertag häufig zu sehen gibt. Ich habe einen ausgezeichneten

Blick von meinem Balkon aus auf die Straße. Hier bleibe ich heute und beobachte das emsige Treiben auf den Satteln.

Ansonsten ist alles fast wieder normal, so hat es den Anschein. Alle Geschäfte sind wieder geöffnet, ebenso die Restaurants und Kneipen, Frisöre, Cafés. Einzig und allein die Atemschutzmasken geben Hinweise darauf, dass es eine weltweite Pandemie gibt. Und auch die Abstandsregeln, die in den Restaurants ein Problem darstellen, denn es kommen viel zu wenig Gäste zum Essen. Viele Restaurants machen keine Gewinne mehr und schließen schon bald ihren Laden.

Zahlreiche Demonstrationen gegen Lockdown-Verordnungen werden angekündigt. Das finde ich seltsam. Die Regierung hat schließlich alles darangesetzt, die Vorschriften zu lockern, den Firmen und Selbständigen finanziell unter die Arme zu greifen, Eltern so gut wie möglich zu entlasten, das Reisen in die Nachbarländer wieder zu ermöglichen. Es ist ja nicht die Schuld der Regierung, dass es ein so gefährliches Virus weltweit gibt. Natürlich müssen Politiker die Menschen vor einer Ansteckung schützen und eine bestmögliche Versorgung im Krankenhaus gewährleisten. Wer das nicht will, muss mit den Konsequenzen leben.

Jeder kann dazu beitragen, dass die Ansteckungsrate niedrig bleibt. Zuhause bleiben ist immer noch die beste Möglichkeit. Das ist meine Meinung.

Jetzt ist genau das passiert, was Virologen befürchtet haben. Knapp 14 Tage nach den Lockerungen in Restaurants haben sich Gäste mit dem Virus angesteckt. Vielleicht wurden Gläser nicht richtig gespült. Oder die Gäste saßen zu eng beieinander. Oder die Gäste haben sich umarmt und geküsst aus lauter Wiedersehensfreude.

Samstag, der 23.Mai 2020.
Viele Menschen in einem Restaurant in Norddeutschland haben sich mit dem Corona-Virus infiziert. 50 Personen müssen in Quarantäne.

Es werden sicher noch weitere folgen. Und nicht nur in einem Restaurant gibt es Infizierte, sondern auch nach einem Gottesdienst. Dort wurde offenbar doch gesungen und ohne Mundschutz gebetet. Oder es wurden wieder Weihwasserbecken aufgestellt.

Dienstag, der 26.Mai 2020.
Heute wird die Zahl der Toten durch das Corona-Virus in den USA an die Höchstmarke von 100.000 herankommen.

Und jetzt, Herr Präsident? Keinen guten Job gemacht? Mr.Trump geht lieber eine Runde Golf spielen. Natürlich ohne Atemschutzmarke.

Von Deutschland habe ich das Gefühl, als wäre bald alles wieder beim Alten. Es gibt kaum noch Einschränkungen im öffentlichen Leben. Bis auf die Kitas und Schulen. Die Staus auf den Straßen nehmen wieder zu, und die Städte sind voller Menschen. So richtig Spaß macht mir das Einkaufen jedoch nicht. Vor jedem Geschäft in Köln zum Beispiel bilden sich lange Warteschlangen. Schon hier stehe ich mir mit der Maske im Gesicht die Beine in den Bauch. Als ich dann endlich im Geschäft bin, bekomme ich einen desinfizierten Einkaufswagen in die Hand gedrückt, dann muss ich eine vorgegebene Route laufen, damit die Abstandsregel eingehalten werden kann. Da ich weiß, wie viele Menschen noch vor dem Geschäft stehen, habe ich auch keine Zeit, in Ruhe zu stöbern. Nein, das macht keinen Spaß. Jedenfalls nicht uns Frauen.

Pünktlich zum Pfingstwochenende sind weitere Lockerungen deutschlandweit beschlossen worden.

Deutschland wäre nicht Deutschland, wenn es nicht bei all den Lockerungen auch Vorschriften und Formulare geben würde.

So muss sich zum Beispiel jeder, der ins Restaurant gehen will, in eine Corona bedingte Gäste-

Registrierung eintragen: Name, Adresse, Telefonnummer und Tischnummer. Dieser Zettel wird vier Wochen lang aufbewahrt. So können Infektionsketten lückenlos nachvollzogen werden.

Auch ich habe mich bei meinem Frisörbesuch brav in so eine Liste eingetragen. Zum Glück wollten die nicht auch noch meine Kontoverbindungen haben. So ist das mit dem Datenschutz.

Seit Samstag dürfen sich in NRW bis zu zehn Personen treffen. Theater, Kinos, Opernhäuser und Konzertsäle dürfen wieder für maximal 100 Personen öffnen. Sportveranstaltungen sind erlaubt, wenn der Mindestabstand eingehalten werden kann.

Ich habe meine Kinder und Enkel auch alle wieder bei mir. Das ist ein schönes Gefühl. Wir halten zwar immer noch Abstand, waschen uns die Hände, desinfizieren sie anschließend, aber allein schon ein persönliches Gespräch ist wieder möglich und äußerst angenehm. Die Einsamkeit hat ein Ende.

Unterm Strich ist also fast alles wieder „normal". Die Angst, sich anzustecken, verschwindet so langsam aus den Köpfen. Die Atemschutzmasken bleiben uns noch für viele Wochen oder Monate erhalten. Ich habe für mich noch ein paar Masken genäht als Reserve.

Freitag, der 05.Juni 2020.
Das Kultusministerium hat entschieden, dass alle Grundschulkinder ab dem 15.Juni wieder täglich in die Schule gehen sollen.

Die einen freut´s, die anderen haben Bedenken wegen einer erneuten Infektionswelle.
Ein Konjunkturpaket in Höhe von 130 Milliarden Euro will die Regierung in die Hand nehmen, um die Wirtschaft in der Corona-Krise zu unterstützen. Familien sollen finanzielle Hilfen bekommen. Für jedes Kind gibt es 300 Euro.

Samstag, der 13.Juni 2020.
Die Rechnungen für die 240.000 Deutsche, die von der Regierung aus aller Welt zurückgeholt worden sind, werden erstellt. Je nach Entfernung und Pauschalpreisen werden die Rechnungen einzeln berechnet und unterschiedlich ausfallen.
Lockerungen gibt es ab Montag für Versammlungen bzw. Veranstaltungen.
Bars, Saunen und Erlebnisbäder sind

wieder erlaubt. Bordelle sind die Gelackmeierten. Sie bleiben zu.

Wer gedacht hat, dass die Bundesregierung die Rückholaktionen als Geschenk angesehen hat, der wird gründlich enttäuscht.

Heute ist Montag, der 15.Juni. Alle Schüler gehen wieder in die Schule. Jeden Tag.

Mein Enkel erzählt mir, dass es beim Mittagessen sehr lustig war. Jede Klasse hat für sich alleine das Essen in der Mensa erhalten. Innerhalb von einer viertel Stunde konnten die Kinder mit dem Essen anfangen, danach war die nächste Klasse dran. Wer nicht rechtzeitig fertig wurde, dem wurde das Essen in eine Plastikdose gefüllt, damit das Kind in der Klasse zu Ende essen konnte. Für langsame Esser ist das ein Problem.

Die ersten Flieger nach Mallorca dürfen ab Montag, den 15.Juni wieder starten.

11.000 Test-Touristen dürfen nach Mallorca. Sie sollen testen, ob die Hotels sich an die Hygienevorschriften halten und wie ein normaler Tag im Hotel und am Pool funktioniert. Allein schon der Flug dahin ist anders als sonst. Teil dieses Pilotprojektes sind nur Personen, die ihren Wohnsitz auf den Balearen haben, die dort arbeiten,

Flugpersonal und Personen, die sich auf dem Rückflug zu ihrem Wohnsitz befinden. Diese Flüge gehen nur von Düsseldorf und Frankfurt aus. Wer einen Eurowings-Flug von Köln aus gebucht hat, wird bitter enttäuscht, denn diese Flüge gehören nicht zum Pilotprojekt. Im Flugzeug besteht Maskenpflicht. Die Klimaanlage wird auf volle Kanne gedreht, damit die Viren keine Chance haben, sich zu verbreiten.

Ich habe vor Wochen mal gehört, dass sich die Corona-Viren in der Kälte besser ausbreiten können als bei Hitze. Die Virologen sagten, dass sie auf den Sommer warten mit hohen Temperaturen. Die Hitze würde die Viren vernichten. Warum kühlen die Flugzeuge also ihren Innenraum dermaßen? Nur wegen der Abzugsluft? Wer leicht friert, sollte sich unbedingt eine warme Jacke mitnehmen oder einen Schal.

Im Hotel werden die Touristen empfangen wie Staatsoberhäupter. Hotelmanager, Köche, Servicekräfte, Zimmermädchen, Rezeptionisten und Putzkolonne stehen Spalier, um die ersten Gäste der Saison mit Beifall zu begrüßen. Beeindruckend. Im Restaurant dürfen die Gäste sich leider nicht selber am Buffet bedienen, sondern müssen sich das Essen auf die Teller geben lassen. Atemschutz-Masken und

Einweghandschuhe sind Pflicht. Natürlich nicht beim Essen, sondern nur am Buffet.

Ich lasse den Test-Touristen gerne den Vorrang und warte ab, wie dieser Test ausgeht. Erst danach werde ich darüber nachdenken, wo meine nächste Reise hingehen soll.

Die erste Corona-Warn-App wird morgen aktiviert und den Bürgern vorgestellt. Je mehr Menschen sich diese App herunterladen, desto erfolgreicher kann das Virus bekämpft werden.

Ab Dienstag, den 16.Juni soll es die Corona-Warn-App für unsere Handys geben. Ich kann noch nicht sagen, ob ich mir diese App auf mein Handy runterlade. Diese App macht nur dann Sinn, wenn sich so viele Menschen wie möglich diese App herunterladen und nutzen. Ich kenne ein paar Skeptiker, die Angst vor dem Ausspionieren haben. Sobald jemand positiv auf das Virus getestet ist, wird dies in der App dokumentiert. Alle Menschen, die in den letzten Tagen Kontakt mit dieser Person hatten, werden jetzt automatisch gewarnt.

Während ich interessiert die Funktionsweisen der Warn-App verfolge, höre ich eher durch Zufall, dass ich mir diese App gar nicht auf mein Handy laden kann. Warum? Ich habe ein altes I-Phone 4. Erst mit einem I-Phone 6s oder I-Phone 8 oder 10 funktioniert der Download. Na toll. Soll ich mir deswegen ein neues Handy kaufen? Wohl kaum.

Ab Mitternacht kann man sich die Warn-App herunterladen. Doch prompt gibt es ein Problem bei der Telekom. Das Handynetz ist gestört. Es gibt vor allem im Westen Deutschlands Störungen. Das fängt ja gut an.

Und dann auch noch das: es ist schwierig, die richtige App zu finden, da es zahlreiche andere Apps mit ähnlichem Namen gibt. Folgende Namen führen einen in die Irre: „Corona App", „Corona Warn App", „Corona-Warn-App". Alles nicht richtig.

Der richtige Name bei der Eingabe ist: „Coronawarnapp". Das muss man ja erst einmal wissen. Dann gibt es auch sehr viel Text, allein sechs Seiten nur für die Datenschutzerklärung. Wer liest die schon durch? Nach diesen vielen Seiten geht es zur Praxis. Man muss die Risiko-Ermittlung aktivieren.

Danach muss man einer Einwilligungserklärung zustimmen zur Risikoermittlung. Hä?

Innerhalb eines Tages haben bereits 6,4 Millionen Bürger die App installiert.

Gut, dass ich das nicht brauche. Mein Handy kann das alles nicht. Und ich erst recht nicht.

Dienstag, der 16.Juni 2020.
Eilmeldung: ein lebensrettendes Corona-
Medikament ist in England gefunden
worden.

Das ist ja mal eine erfreuliche Nachricht. Aber die
Bevölkerung soll sich nicht zu früh freuen, denn
dieses Medikament, Dexamethason, ist nur für
Schwersterkrankte vorgesehen, die beatmet werden
müssen. Durch dieses Medikament wird die
Sterblichkeitsrate drastisch verringert. Die WHO ist
optimistisch. Sie spricht von ´großartigen
Neuigkeiten´.

Mittwoch, der 17.Juni 2020.
In Gütersloh hat es einen Corona-
Massenausbruch in einem Fleischbetrieb
gegeben. Es gibt bereits 730
Infizierte.
Schulen und Kitas werden umgehend
geschlossen.
Schon wieder ein Fleischbetrieb in NRW, der in der
Kritik steht, die Hygienevorgaben für seine
Mitarbeiter nicht einzuhalten. Vor allem im Bereich
der Schweineschlachtung gibt es viele Infizierte. Hier
sind unter anderem die tiefen Temperaturen in den
Räumen dafür verantwortlich, dass sich die Viren so
massiv verbreiten. Die Unterbringung der Mitarbeiter

in verwahrlosten Sammelunterkünften ist ein weiterer Grund. Dort leben Rumänen, Polen und Bulgaren auf engstem Raum zusammen. An den Wochenenden sind sie häufig bei ihren Familien. Das Virus wird dort weitergetragen. Alle Schulen und Kitas in der Region werden sofort geschlossen. Der Schlachthof nicht. Da ist der Ärger groß bei den Eltern. Ich kann das gut verstehen. Ich wäre auch wütend. Bis zum Abend müssen 7000 Menschen in Gütersloh in Quarantäne.
So langsam werde ich zum Vegetarier.

Zwei Grundschulen in NRW müssen wieder geschlossen werden, da es eine Corona-Infektion eines Schülers gegeben hat.

Es handelt sich um eine Schule in Wuppertal und eine in Düsseldorf. Bis zu den Sommerferien in 14 Tagen findet dort kein Unterricht mehr statt. Oh Mann. Das ist bitter für alle Beteiligten. Ich befürchte, es bleibt nicht bei den zwei Schulen.
Sind wir schon alle zu leichtsinnig geworden im Alltag?
8.900 Todesfälle in Deutschland sind bis heute gezählt worden. Weltweit sind bis heute mehr als 466.000 Menschen an Covid-19 gestorben.

Ich bin bisher von einer Infektion verschont geblieben.

Liegt das daran, dass ich im öffentlichen Raum eine Mund-Nasenschutzmaske trage? Am Anfang der Pandemie haben die Wissenschaftler ja behauptet, dass diese Masken völliger Quatsch seien. Irgendwann haben sie ihre Meinung geändert und eine Maskenpflicht verordnet. Weltweit. Mich interessiert, ob sich eine Maske tatsächlich positiv auf eine Ansteckung auswirkt. Aber wie soll das gehen? Ich habe eine Idee.

Es gibt ja auf der Welt viele muslimisch geprägte Länder, in denen die Frauen eine Burka tragen müssen. Indonesien steht an erster Stelle. In diesem Land gibt es 12,9% Muslime. Dahinter folgt Pakistan mit 11,1% Muslimen. In Bangladesch gibt es 9,3% Muslime. Wenn es stimmt, dass ein Mund-Nasenschutz bei der Pandemie schützt, dann müssten diese Länder in der Rangliste der Corona-Infizierten weiter unten stehen als andere Länder.

Ich nehme mir die täglichen Berichte über Infizierte und Tote aus allen Ländern vor und zähle ab, auf welchem Rang der Liste die Länder stehen.

Und tatsächlich:

Deutschland steht auf Rang 11, Pakistan steht auf Rang 14, Bangladesch auf Rang 17 und Indonesien steht auf Platz 30. Afghanistan steht auf Platz 39. Da, wo es die meisten Muslime gibt, sind weniger Corona-Kranke, wahrscheinlich deshalb, weil sich die Frauen vollständig verhüllen. Könnte ja sein, dass das der Grund ist. Es ist jedenfalls einleuchtend, oder?

Und ganz ehrlich. So schlimm ist es gar nicht mehr, eine Maske zu tragen.

Ich werde an dieser Stelle meinen Bericht beenden und hoffe, dass es keine zweite oder dritte Infektionswelle gibt. Es könnte sein, dass so eine zweite Infektionswelle in China gerade anläuft. Aus Peking hört man nichts Gutes. Dort haben sich auf einem Großmarkt etliche Menschen angesteckt. Natürlich wollen die Chinesen nicht zugeben, dass dieser erneute Ausbruch durch ihr Land ausgelöst wurde. Es werden andere Schuldige gesucht – und gefunden. Das Virus kommt aus einem tiefgefrorenen Lachs aus Norwegen und wurde auf dem Markt in China verkauft. Die Norweger also. Die sind schuld. Ist klar.

Fazit der Pandemie:

Unser Leben hat sich innerhalb von drei Monaten ganz schön verändert.

Wir mussten lernen, über Wochen isoliert zu leben und in unseren vier Wänden zu bleiben oder im engsten Familienkreis. Es gab Ausgangsverbote, Kontaktverbote, wohin man sah.

Allabendlich riefen Ärzte die Bevölkerung auf: Bleibt zuhause.

Freunde besuchen war verboten. Reisen war nicht mehr erlaubt, die Grenzen wurden geschlossen.

Das Telefon, Internet oder Fernsehen und Radio waren die einzigen Verbindungen zur Außenwelt.

Viele Menschen haben ihren Job verloren, viele Menschen sind gestorben. Systemrelevante Berufe finden große Anerkennung.

Ich finde, unsere Regierung hat einen guten Job gemacht und ihre Bevölkerung unterstützt, wo sie nur konnte. Es gab selten Versorgungsprobleme. Und wenn, dann waren innerhalb weniger Tage die Regale wieder aufgefüllt. Nicht so wie in den USA. Dort wettert und zetert Donald Trump über alles, was sich ihm in den Weg stellen will, um seine Wiederwahl zu verhindern. Ein Minister nach dem anderen muss seinen Platz räumen.

Es hat sich auch etwas in unserer Gesellschaft zum Positiven verändert. Die Autos werden immer häufiger stehengelassen. Stattdessen sehe ich so viele Fahrradfahrer wie noch nie. Die Eltern haben viel mehr Zeit für ihre Kinder. Das Klima erholt sich weltweit. Viele Menschen haben Hilfsangebote für Bedürftige und Kranke organisiert. Haben Einkäufe für alte Menschen übernommen. Wir sind in der Corona-Krise ein Stück zusammengewachsen.

Das Land der Komponisten, der Dichter und Denker ist kreativ geworden und hilfsbereit.

Erst in ein paar Monaten oder vielleicht Jahren werden wir wissen, was das Virus angerichtet hat. Hoffen wir, dass es auch etwas Gutes bewirken konnte.

In stillem Gedenken an

466.548 Tote

(Stand: 22. Juni 2020)

Folgende Bücher sind von der Autorin im BoD-Verlag erschienen:

1. „Ruhestand- Ab morgen habe ich Zeit", 2016
ISBN 9783739232966

2. „Der Duft der großen weiten Welt", 2017
ISBN 9783744802536